**Couvertures supérieure et inférieure
en couleur**

JULES RENARD

SOURIRES PINCÉS

PARIS

ALPHONSE LEMERRE, ÉDITEUR

23-31, PASSAGE CHOISEUL, 23-31

—

M DCCC XC

BIBLIOTHEQUE CONTEMPORAINE

VOLUMES IN-18 JÉSUS, IMPRIMÉS SUR PAPIER VÉLIN

Chaque volume : 3 fr. 50

PAUL BOURGET	Psychologie contemporaine	2 vol.
—	Études et Portraits.	2 vol.
—	L'Irréparable.	1 vol.
—	Pastels.	1 vol.
—	Cruelle Énigme	1 vol.
—	Un Crime d'amour	1 vol.
—	André Cornélis	1 vol.
—	Mensonges (Éd. Guillaume). . . .	1 vol.
—	— (Éd. ordinaire).	1 vol.
—	Le Disciple.	1 vol.
—	Cœur de Femme.	1 vol.
—	Physiologie de l'amour moderne. . .	1 vol.
JULES BRETON.	La vie d'un Artiste	1 vol.
FRANÇOIS COPPÉE . . .	Contes en prose	1 vol.
—	Vingt contes nouveaux	1 vol.
—	Contes Rapides.	1 vol.
—	Henriette	1 vol.
—	Toute une Jeunesse.	1 vol.
A. DAUDET	Les Femmes d'artistes (Éd. Guillaume)	1 vol.
—	— (Éd. ordinaire).	1 vol.
—	L'Immortel (Ed. Guillaume). . . .	1 vol.
—	— (Éd. ordinaire)	1 vol.
Mme ALPHONSE DAUDET.	Enfants & Mères.	1 vol.
JANE DIEULAFOY. . . .	Parysatis	1 vol.
TOLA DORIAN	Ames slaves. . .	1 vol.
FERDINAND FABRE. . .	L'Abbé Tigrane.	1 vol.
—	Ma Vocation	1 vol.
E. DE GONCOURT. . . .	Sœur Philomène (Éd. Guillaume).	1 vol.
PAUL HERVIEU	Les Yeux verts et les Yeux bleus. .	1 vol.
—	L'Alpe homicide.	1 vol.
—	L'Inconnu.	1 vol.
—	Deux Plaisanteries	1 vol.
—	Flirt	1 vol.
MARCEL PRÉVOST . . .	Le Scorpion.	1 vol.
—	Chonchette.	1 vol.
—	Mademoiselle Jaufre.	1 vol.
—	Cousine Laura.	1 vol.
—	La Confession d'un amant.	1 vol.
ANDRÉ THEURIET . . .	Péché Mortel.	1 vol.
—	Bigarreau.	1 vol.
—	Les Œillets de Kerlaz	1 vol.
—	Amour d'Automne.	1 vol.
—	Deux Sœurs	1 vol.
—	L'Oncle Scipion	1 vol.

Paris. — Imp. A. LEMERRE, 25, rue des Grands-Augustins

SOURIRES PINCÉS

2821

DU MÊME AUTEUR :

POUR PARAITRE :

Les Cloportes (scènes et types de campagne).

L'Ecornifleur (scènes de parasitisme).

JULES RENARD

SOURIRES PINCÉS

PARIS

ALPHONSE LEMERRE, ÉDITEUR

23-31, PASSAGE CHOISEUL, 23-31

M DCCC XC

POINTES SÈCHES

A Léo Trézenik

———

I

LES POULES

— « Je parie, dit Mme Lepic, que la servante a encore oublié de fermer les poules, avant de se coucher ! » —

C'était vrai. On pouvait s'en assurer par la fenêtre. Là-bas, tout au fond de la grande cour, le petit toit aux poules découpait, dans la nuit, le carré noir de sa porte ouverte.

— « Félix, si tu allais les fermer ? » — dit Mme Lepic à l'aîné de ses trois enfants.

— « Je ne suis pas venu en vacances pour m'occuper des poules » — dit Félix, garçon pâle, indo-
lent et poltron.

— « Et toi, Ernestine ? » —

— « Oh moi, maman, j'aurais trop peur ! » — ¹

Grand frère Félix et sœur Ernestine avaient à
peine levé la tête pour répondre. Ils lisaient, très
intéressés, les coudes sur la table, presque front
contre front.

— « Dieu, que je suis bête ! dit Mme Lepic. Je
n'y pensais plus. Poil-de-Carotte, va fermer les
poules. » —

Elle donnait ce petit nom d'amour à son dernier
né, parce qu'il avait les cheveux roux et la peau
tachée. Poil-de-Carotte, qui jouait « à rien » sous
la table, se dressa et dit avec timidité :

— « Mais, maman, j'ai peur aussi, moi. » —

— « Comment ? répondit Mme Lepic, un grand
gars comme toi ! c'est pour rire. Dépêchez-vous,
s'il vous plaît ! » —

— « On le connaît ; il est hardi comme un
bouc » — dit sa sœur Ernestine.

— « Il ne craint rien » — dit Félix, son grand
frère.

Ces compliments enorgueillissaient Poil-de-

Carotte, et, honteux d'en être indigne, il luttait déjà contre sa couardise. Pour l'encourager défi-nitivement, sa mère lui promit une gifle.

— « Au moins, éclairez-moi » — dit-il.

Mme Lepic eut un haussement d'épaules, Félix un sourire méprisant. Seule pitoyable, Ernestine prit une bougie et accompagna petit frère jusqu'au bout du corridor.

— « Je t'attendrai là » — dit-elle.

Mais elle s'enfuit tout de suite, terrifiée, car un fort coup de vent fit vaciller la lumière et l'étei-gnit.

Poil-de-Carotte, les fesses collées, les talons plantés, se mit à trembler dans les ténèbres. Elles étaient si épaisses qu'il se croyait aveu-gle. Parfois une rafale l'enveloppait, comme un drap glacé, pour l'emporter. Des renards, des loups même, ne lui soufflaient-ils pas dans ses doigts, sur sa joue? Le mieux était de se préci-piter, au juger, vers les poules, la tête en avant afin de trouer l'ombre. Tâtonnant, il saisit le cro-chet de la porte. Au bruit de ses pas, les poules effarées s'agitèrent en gloussant sur leur perchoir. Poil-de-Carotte leur cria :

— « Taisez-vous donc, c'est moi! » —

ferma la porte et se sauva, les jambes, les bras comme empennés, mais exsangues. Quand il rentra, haletant, fier de lui, dans la chaleur et la lumière, il lui sembla qu'il échangeait des loques pesantes de boue et de pluie contre un vêtement neuf et léger. Il souriait, se tenait droit, se pavanait dans son orgueil de héros enfantin, attendait les félicitations, et, maintenant hors de danger, cherchait sur le visage de « ses parents » la trace des inquiétudes qu'ils avaient eues.

Mais grand frère Félix et sœur Ernestine continuaient tranquillement leur lecture, et Mme Lepic lui dit, de sa voix naturelle :

— « Poil-de-Carotte, tu iras les fermer tous les soirs ! » —

II

LES PERDRIX

Comme à l'ordinaire, M. Lepic vida sur la table sa carnassière. Elle contenait deux perdrix. Grand frère Félix les inscrivit sur une ardoise pendue au mur. C'était sa fonction. Chacun des enfants avait la sienne. Sœur Ernestine dépouillait et plumait le gibier. Quant à Poil-de-Carotte, il était spécialement chargé d'achever les pièces blessées. Il devait ce privilège à la dureté bien connue de son cœur sec. Les deux perdrix s'agitèrent, remuèrent le col.

— « Qu'est-ce que tu attends pour les tuer ? » — dit Mme Lepic.

— « Maman, répondit Poil-de-Carotte, j'aimerais autant les marquer sur l'ardoise, à mon tour. » —

— « L'ardoise est trop haute pour toi. » —

— « Alors, j'aimerais autant les plumer. » —

— « Ce n'est pas l'affaire des hommes. » —

Poil-de-Carotte prit les deux perdrix. On lui donna obligeamment les indications d'usage :

— « Serre-les là, tu sais bien, au cou, à rebrousse-plume. » —

Une pièce dans chaque main, derrière son dos, il commença.

— « Deux à la fois, mâtin! dit M. Lepic. » —

— « C'est pour aller plus vite. » —

— « Ne fais donc pas ta sensitive, dit Mme Lepic; en dedans, tu jouis. » —

Les perdrix se défendirent, convulsives, et, les ailes battantes, éparpillèrent leurs plumes. Jamais elles ne voudraient mourir. Il eût plus aisément étranglé un de ses camarades, avec une poignée de main. Il les mit entre ses deux genoux, pour les contenir, et, tantôt rouge, tantôt blanc, en sueur, la tête haute afin de ne rien voir, serra plus fort.

Elles s'obstinaient.

Pris de la rage d'en finir, il les saisit par les pattes et leur cogna la tête sur le bout de son soulier.

— « Oh! le bourreau! le bourreau! » — s'é-crièrent grand frère Félix et sœur Ernestine.

— « Le fait est qu'il quintessencie, dit Mme Lepic, souvent portée sur le bien-parler. Les pauvres bêtes! Je ne voudrais pas être à leur place, entre ses griffes. » --

M. Lepic, un vieux chasseur cependant, sortit, écœuré.

— « Voilà ! » — dit Poil-de-Carotte, en jetant les perdrix mortes sur la table.

Mme Lepic les tourna, les retourna. Des petits crânes brisés du sang coulait, un peu de cervelle.

— « Il était temps de les lui arracher, dit-elle. Est-ce assez cochonné ? » —

Grand frère Félix et sœur Ernestine dirent avec ensemble :

— « C'est positif qu'il ne les a pas « réussies » comme les autres fois. » —

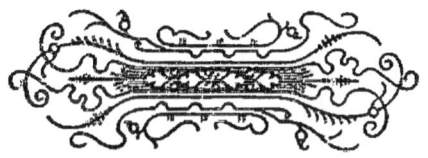

III

ALLER ET RETOUR

Messieurs Lepic fils et mademoiselle Lepic viennent en vacances. Au saut de la diligence, et du
plus loin qu'il voit ses parents, Poil-de-Carotte
se demande :

— « Est-ce le moment de courir au-devant
d'eux ? » —

Il hésite :

— « C'est trop tôt, je m'essoufflerais, et puis il
ne faut rien exagérer. » —

Il diffère encore :

— « Je courrai à partir d'ici... non, à partir de
là. » —

Il se pose des questions :

— « Quand faudra-t-il ôter ma casquette ? Lequel des deux embrasser le premier ? » —

Mais grand frère Félix et sœur Ernestine l'ont

devancé et se partagent les caresses familiales.
Quand Poil-de-Carotte arrive, il n'en reste presque plus.

— « Comment, dit Mme Lepic, tu appelles
encore monsieur Lepic papa, à ton âge ? dis-lui :
« mon père » et donne-lui une poignée de main :
c'est plus viril. » —

Ensuite elle le baise, une fois, au front, « pour
ne pas faire de jaloux. »

Poil-de-Carotte est tellement content de se
voir en vacances, qu'il en pleure. Et c'est souvent
ainsi ; souvent il manifeste de travers.

Le jour de la rentrée (la rentrée est fixée au
lundi matin, 2 octobre ; on commencera par la
messe du Saint-Esprit), du plus loin qu'elle entend
les grelots de la diligence, Mme Lepic tombe
sur ses enfants et les étreint d'une seule brassée.
Poil-de-Carotte ne se trouve pas dedans. Il espère
patiemment son tour, la main déjà tendue vers les
courroies de l'impériale, ses adieux tout prêts, à
ce point triste qu'il chantonne malgré lui.

— « Au revoir, ma mère » — dit-il d'un air
digne.

— « Tiens, dit Mme Lepic, pour qui te prends-
tu, pierrot ? Il t'en coûterait de m'appeler

maman, comme tout le monde ? A-t-on jamais vu ?
c'est encore blanc de bec et sale de nez et ça veut
faire l'original ! » —

Cependant elle le baise une fois (et de deux !)
au front, « pour ne pas faire de jaloux. »

IV

SAUF VOTRE RESPECT

Peut-on, doit-on le dire? Poil-de-Carotte, à l'âge où les autres communient, blancs de cœur et de corps, était encore malpropre. Une nuit, il avait trop attendu, n'osant « demander ». Il espérait, au moyen de tortillements gradués, calmer le malaise. — Quelle folie! — Une autre nuit, il s'était rêvé commodément installé près d'une borne, à l'écart, puis il avait fait dans ses draps, tout innocent, bien endormi. Il s'éveillait. Pas plus de borne près de lui qu'à son étonnement!

Mme Lepic se gardait de s'emporter. Elle nettoyait, calme, indulgente, maternelle. Et même, le lendemain matin, comme un enfant gâté, Poil-de-Carotte déjeunait avant de se lever. Oui, on lui apportait sa soupe au lit, une soupe soignée, où Mme Lepic, avec une palette de bois, en avait délayé un peu, oh! très peu.

Au chevet, grand frère Félix et sœur Ernestine

observaient leur frère d'une manière sournoise, prêts à éclater de rire au premier signal. Mme Lepic, petite cuillerée par petite cuillerée, donnait la becquée à son enfant. Du coin de l'œil, elle semblait dire à grand frère Félix et à sœur Ernestine :

— « Attention! préparez-vous! » —

— « Oui, maman. » —

Par anticicipation, ils s'amusaient des grimaces futures. On aurait dû inviter quelques amis. Enfin, Mme Lepic, avec un dernier regard aux aînés comme pour leur demander : « Y êtes-vous? », levait lentement, lentement la dernière cuillerée, l'enfonçait, jusqu'à la gorge, dans la bouche grande ouverte de Poil-de-Carotte, le bourrait, le gavait, et lui disait, à la fois goguenarde et dégoûtée :

— « Ah! ma petite salissure, tu en as mangé, tu en as mangé, et de la tienne encore, de celle d'hier. » —

— « Je m'en doutais presque » — répondait simplement Poil-de-Carotte, sans faire la figure réjouissante qu'on espérait.

Il s'y habituait, et quand on s'habitue à une chose, elle finit par n'être plus drôle du tout.

V

LA PIOCHE

Grand Frère Félix et Poil-de-Carotte travaillent côte à côte. Chacun a sa pioche. Celle de grand frère Félix a été faite sur mesure, chez le maréchal-ferrant, avec du fer. Poil de Carotte a fait la sienne tout seul, avec du bois. Ils jardinent, abattent de la besogne et rivalisent d'ardeur. Soudain, au moment où il s'y attend le moins (c'est toujours à ce moment précis que les malheurs arrivent), Poil-de-Carotte reçoit un coup de pioche en plein front.

Quelques instants après, il faut transporter, coucher avec précaution sur le lit grand frère Félix qui s'est trouvé mal à la vue du sang de son petit frère. Toute la famille est là, debout, sur la pointe du pied, et soupire, appréhensive. — Où sont les sels? — Un peu d'eau bien fraîche, s'il vous plaît, pour mouiller les tempes? —

Poil-de-Carotte monte sur une chaise afin de

voir par-dessus les épaules, entre les têtes. Il a le
front bandé d'un linge déjà rouge, où le sang suinte
et s'écarte.

M. Lepic lui a dit :

— « Tu t'es joliment fait moucher! » —

Et sa sœur Ernestine qui a pansé la blessure :

— « C'est entré comme dans du beurre. » —

Il n'a pas crié, car on lui a fait observer que
cela ne sert à rien.

Mais voici que grand frère Félix ouvre un œil,
puis l'autre, revient à lui. Il en est quitte pour la
peur, et comme son teint graduellement se colore,
l'inquiétude, l'effroi se retirent de tous les cœurs.

— « C'est égal, dit Mme Lepic à Poil-de-Carotte, nous l'avons échappé belle : toujours le
même, donc! tu ne pouvais pas faire attention,
petit imbécile! » —

VI

LES LAPINS

— « Il ne reste plus de melon pour toi, dit Mme Lepic; d'ailleurs, tu es comme moi, tu ne l'aimes pas. » —

— « Ça se trouve bien » — dit Poil-de-Carotte.

On lui imposait ainsi ses goûts et ses dégoûts. En principe, il devait aimer seulement ce qu'aimait sa mère. Quand arrivait le fromage :

— « Je suis bien sûre, disait Mme Lepic, que Poil-de-Carotte n'en mangera pas. » —

Et Poil-de-Carotte pensait :

— « Puisqu'elle en est sûre, ce n'est pas la peine d'essayer. » —

En outre, il savait que ç'eût été dangereux.

D'ailleurs n'avait-il pas le temps de satisfaire ses plus bizarres caprices dans des endroits connus de lui seul? Au dessert, Mme Lepic lui disait:

— « Va porter ces tranches de melon à tes lapins. » —

Poil-de-Carotte « faisait la commission » au petit pas, en tenant l'assiette bien horizontale afin de ne rien renverser. A son entrée sous leur toit, les lapins, coiffés en tapageurs, les oreilles sur l'oreille, le nez en l'air, les pattes de devant raides comme s'ils allaient jouer du tambour, s'empressaient autour de lui.

— « Oh! attendez, disait Poil-de-Carotte; un moment, s'il vous plaît, partageons. » —

S'étant assis d'abord sur un tas de crottes, de seneçon rongé jusqu'à la racine, de trognons de choux, de feuilles de mauves, il leur donnait les graines de melon et buvait le jus lui-même : c'était doux comme du vin doux. Puis il râclait avec les dents ce que sa famille avait laissé aux tranches de jaune sucré, tout ce qui pouvait fondre encore, et il passait « le vert » aux lapins, en rond sur leur derrière.

La porte du petit toit était fermée. Le soleil des siestes enfilait les trous des tuiles et trempait le bout de ses rayons dans l'ombre fraîche.

VII

LA TROMPETTE

M. Lepic arrive de Paris ce matin même. Il ouvre sa malle. Des cadeaux en sortent pour grand frère Félix et sœur Ernestine, de beaux cadeaux, dont précisément (comme c'est drôle) ils ont rêvé toute la nuit. Ensuite M. Lepic, les mains derrière son dos, regarde malignement Poil-de-Carotte et lui dit :

— « Et toi, qu'est-ce que tu aimes le mieux : une trompette ou un pistolet? » —

En vérité, Poil-de-Carotte est plutôt prudent que téméraire. Il préférerait une trompette, parce que « ça ne part pas dans les mains », mais il a toujours entendu dire qu'un garçon de sa taille ne peut jouer sérieusement qu'avec des armes, des sabres, des engins de guerre. L'âge lui est venu de renifler de la poudre et d'exterminer des choses. Son père connaît les enfants : il a apporté ce qu'il faut.

— « J'aime mieux un pistolet » — dit-il hardiment, sûr de deviner.

Il va même un peu loin et ajoute :

— « Ce n'est plus la peine de le cacher ; je le vois ! » —

— « Ah! dit M. Lepic embarrassé, tu aimes mieux un pistolet! tu as donc bien changé ? » —

Tout de suite Poil-de-Carotte se reprend :

— « Mais non, va, mon papa, c'était pour rire. Sois tranquille, je les déteste, les pistolets. Donne-moi vite ma trompette, que je te montre comme ça m'amuse de « bouffer » dedans. » —

— « Alors, pourquoi mens-tu, lui demande Mᵐᵉ Lepic; pour faire de la peine à ton père, n'est-ce pas? Quand on aime les trompettes, on ne dit pas qu'on aime les pistolets, et surtout on ne dit pas qu'on voit des pistolets, quand on ne voit rien. Aussi, pour t'apprendre, tu n'auras ni pistolet ni trompette. Regarde-là bien : elle a trois pompons rouges et un drapeau à franges d'or. Tu l'as assez regardée. Maintenant, va voir à la cuisine si j'y suis; déguerpis, trotte et flûte dans tes doigts. » —

Tout en haut de l'armoire, sur une pile de linge blanc, roulée dans ses trois pompons rouges et son drapeau à franges d'or, la trompette de Poil-de-Carotte attend qui souffle, imprenable, invisible, muette, comme celle du jugement dernier.

VIII

LE CAUCHEMAR

Poil-de-Carotte n'aimait pas les amis de la maison. Ils le dérangeaient, lui prenaient son lit et l'obligeaient de coucher avec sa mère. Or, si le jour il avait tous les défauts, la nuit il avait principalement celui de ronfler. Il ronflait exprès, sans aucun doute.

La grande chambre, glaciale même en août, contient deux lits. L'un est celui de M. Lepic, et c'est dans l'autre que Poil-de-Carotte va reposer, à côté de sa mère, au fond.

Avant de s'endormir, il toussote sous le drap, pour déblayer sa gorge. Mais peut-être ronfle-t-il du nez? Il fait souffler en douceur ses narines afin de s'assurer qu'elles ne sont pas bouchées. Il s'apprend à ne pas respirer trop fort. Mais dès qu'il dort, il ronfle. C'est comme une passion. Aussitôt Mme Lepic lui entre deux ongles (deux suf-

2

fisent), jusqu'au sang, dans le plus gras d'une fesse.
Elle a fait choix de ce moyen.

Le cri de Poil-de Carotte réveille brusquement
M. Lepic, qui demande :

— « Qu'est-ce que tu as ? »

— « Il a le cauchemar, » — dit Mme Lepic.

Et elle chantonne, à la manière des nourrices, un
air berceur qui semble indien.

**Du front, des genoux poussant le mur, comme
s'il voulait l'abattre, les mains plaquées sur ses fesses
pour parer le pinçon qui va venir au premier appel
des vibrations sonores, Poil-de-Carotte se rendort
dans le grand lit où il repose, à côté de sa mère,
au fond.**

IX

COUP DE THÉATRE

SCÈNE I

MADAME LEPIC

Où vas-tu ?

POIL-DE-CAROTTE

(*Il a mis sa cravate neuve et craché sur ses sou-liers à les noyer.*) Je vas me promener avec papa.

MADAME LEPIC

Je te défends d'y aller, tu m'entends. Sans ça.... (*Sa main droite recule comme pour prendre son élan.*)

POIL-DE-CAROTTE

Compris.

SCÈNE II

POIL-DE-CAROTTE

(*En méditation près de l'horloge.*) Qu'est-ce que je veux, moi? Eviter les calottes. Papa m'en donne moins que maman. J'ai fait le calcul. Tant « pire » pour lui.

SCÉNE III

MONSIEUR LEPIC

(*Il chérit énormément Poil-de-Carotte, mais ne s'en occupe jamais, toujours courant la pretentaine, pour affaires.*) Allons, partons.

POIL-DE-CAROTTE

Non, mon papa.

MONSIEUR LEPIC

Comment, non ? Tu ne veux pas venir ?

POIL-DE-CAROTTE

Oh si ! mais je peux pas.

MONSIEUR LEPIC

Explique-toi. Qu'est-ce qu'il y a ?

POIL-DE-CAROTTE

Y a rien ; mais je reste.

MONSIEUR LEPIC

Ah, oui ! encore une de tes lubies. Quel petit animal tu fais! On ne sait par quelle oreille te prendre. Tu veux, tu ne veux plus. Reste, mon ami, et pleurniche à ton aise.

SCÈNE IV

MADAME LEPIC

(*Elle a toujours la précaution d'écouter aux portes, pour mieux entendre.*) Pauvre chéri ! (*Cajoleuse, elle lui passe la main dans les cheveux, et les tire.*) Le voilà tout en larmes, parce que son père (*Elle regarde en dessous M. Lepic*) voudrait l'emmener malgré lui. Ce n'est pas ta mère qui te tourmenterait avec cette cruauté. (*Les Lepic père et mère se tournent le dos*).

SCÈNE V

POIL-DE-CAROTTE

(*Au fond d'un placard. Dans sa bouche, deux doigts. Dans son nez, un seul. Etat d'âme à la M. Paul Bourget.*) Tout le monde ne peut pas être orphelin.

2.

CIEL DE LIT

A Rachilde

I

L'épouse dort, le corps alourdi par les baisers que l'époux a laissés tomber, sans compter, un peu partout, et plus spécialement aux fossettes, aux petites cavités, aux rigoles, aux endroits où la chair se creuse, des baisers tantôt écrasés comme les larges gouttes d'une averse, tantôt petits, ronds, à peine sonores, ininterrompus, envolés des lèvres comme des bulles de savon d'un fétu de paille. Mais déjà la chère femme pèse bien lourdement sur le bras du cher mari. D'abord, par petites secousses prudentes et répétées, il tente vainement de le dégager. Le bras semble collé. Il dit avec douceur :

— « Aline, Aline, attends voir un peu ! » —

Et, comme elle ne fait aucun mouvement, il s'enhardit, se roidit, et, d'un seul coup, arrache son bras, qui lui semble une chose cotonneuse, inerte, morte, ou plutôt disparue. Un vague ron-ron s'échappe des lèvres d'Aline, comme un bour-don d'une fleur qu'on a remuée, et du fond de son sommeil elle murmure :

— « Oh que tu m'as fait mal, Albert ! » —

— « Je ne pouvais pourtant pas, dit Albert, atten-dre ainsi l'aurore. C'est bon pour Milon de Cro-tone, des situations pareilles ! » —

Et il se retourne du côté du mur, car il a fait prendre à sa femme, dès le début de leur ma-riage, l'habitude de coucher « sur le devant ». Il prétend que de cette façon, à la naissance du pre-mier enfant, elle n'aura pas à souffrir d'un chan-gement de place toujours pénible...

II

A peine Albert a-t-il retrouvé son bras que le supplice commence. Depuis quelques instants, en

n point du coude, une piqûre l'agace, un cha-
touillement léger : c'est une aiguille, une vingtaine
d'aiguilles, une pelote d'aiguilles. Réflexion faite,
c'est plutôt une légion de fourmis subitement
écloses. Comme une armée, elles se sont mises en
mouvement, à la moindre alerte. Elles exécutent
leur œuvre, forant toutes ensemble mille petits
trous sous la peau. Elles courent sur les veines,
tournent le coude, longent l'avant-bras, arrivent
serrées au poignet, un passage difficile, et, plus à
l'aise dans la paume de la main, se divisent par
bandes, tant pour chaque doigt. C'est à la fois
douloureux et doux. Sous l'ongle, au bout du doigt
vibrant, comme au bord d'un précipice à pic,
elles se retournent. Il y a là hésitation confuse,
bousculade, nécessité de se reconnaître avant de
remonter. Longtemps les travailleuses se croisent
ainsi, vont à leurs affaires, aux provisions, des-
cendent, grimpent, s'arrêtent à peine, repartent,
suivent un réseau mince, s'accrochent à une fibre,
traversent un filet de sang, se glissent à fleur
de peau, comme pour prendre l'air, et se dépê-
chent, hâtives, car Albert lève un doigt, puis
deux, puis la main, le poignet, l'avant-bras, enfin
le coude ; et, dans un pêle-mêle inattendu, les

fourmis dégringolent, tourbillonnent, se perdent, sont mortes.

— « Ces petites bêtes deviennent insupportables, se dit Albert. Tous les soirs c'est la même chose, par notre faute bien entendu. On reste enlacé, bouche sur bouche, on se promet noblement de se réveiller, le lendemain matin, dans la même pose. Cinq minutes se passent. On en a plein les muscles, et, soudain, voilà que les fourmis partent pour l'exercice. Elles ne m'y reprendront plus! » —

Mi-hargneux, mi-tendre, jusqu'à s'apitoyer sur le sort des cariatides, il se pelotonne contre le mur, le nez enfoui dans les fleurs du papier peint.

III

Maintenant, c'est dans l'obscurité, entre Albert et Aline, la lutte des corps à corps. A toute rencontre involontaire sous les draps, ils éprouvent une sensation ou brûlante ou glacée, toujours désagréable. Mais les précautions deviennent inutiles. Leurs chairs sont ennemies.

Si le mollet d'Aline, alangui, prend ses aises, s'écarte inconsidérément, se pavane, vagabond,

et fait le beau hors de son gite, Albert, adroite-
ment, en ayant l'air de n'exécuter qu'un mouvement réflexe, d'un brusque coup de talon remet le
mollet à sa place. Réveillée en sursaut, Aline,
naturellement peureuse, croit à une entrée furtive
d'assassins qui, au préalable, la tirent par les pieds.

Si le menton du mari creuse la nuque de la
femme, d'un vigoureux coup d'épaule, donné
à propos, Aline envoie rouler la tête d'Albert
sur l'oreiller de l'autre bord. Il s'imagine encore au
régiment. Sans doute « un de la classe » lui a fait
« prendre le train ». Il va ramasser les planches
de son lit éparses, et déjà se propose d'offrir
demain matin au bon farceur un litre d'eaude-vie
pour sa peine !

Comme le combat se prolonge, bientôt Albert se
sent envahi. Il n'y tient plus, et d'une voix ferme :

— « Aline, dit-il, allume ! » —

La chambre éclairée, le mari prie simplement la
femme de jeter, mais sans bouger, un coup d'œil
oblique sur leurs positions respectives. Il ajoute :

— « Soulève-toi un peu. » —

Tous les deux se mettent sur les genoux. Albert
plante un doigt de sa main gauche sur la ligne de
démarcation imprimée par le corps d'Aline, et

ouvre sa main droite en compas, le pouce d'un côté, les quatre doigts de l'autre, comme font les gamins joueurs de boule, puis il mesure :

— « Deux longueurs pour moi, dit-il, et quatre et demie pour toi ! Autant dire que tu prends toute la place. » —

Il regarde Aline presque sévèrement, à croupetons, ses deux mains plaquées sur ses cuisses, ébouriffé, sa chemise à la russe fripée. Elle l'écoute, les yeux ternes sous les boucles de ses cheveux tombantes, pareille à une sauvage innocente. Ses épaules frissonnent à l'air, comme au contact d'une gaze humide.

— « Voyons, demande Albert, est-ce que j'exagère ? Remarque que je veux bien faire la part belle, très belle, à tes hanches de femme. Mais où s'arrêteront-elles ? » —

Il se tient prêt à une discussion serrée, avec preuve entre les doigts, sur le point de vérifier les mesures.

IV

Mais elle pleure !
— « Qu'est-ce que c'est, encore ? » —
— « Tu ne m'aimes plus. » —

— « Bon, c .., e c'est pas la question; moi, vois-
tu, je suis avant tout un homme pratique. Nous pou-
vons vivre trente années en commun. Je dis trente
pour donner un chiffre. N'est-il pas excellent
de s'installer, de prendre ses précautions ? Songe
que nous devons dormir côte à côte une moyenne
de dix mille neuf cent cinquante nuits. Il ne faut
rien accorder au hasard ni au caprice, sous peine
d'enfer. C'est pour cela que je fais notre éducation. Nous avons, c'est vrai, la volonté de nous
aimer par le cœur le plus longtemps possible ;
mais il est prudent d'habituer nos deux corps l'un
à l'autre, de compter avec leurs répugnances, leurs
nervosités, leurs états maladifs, leurs bouderies.
Apprenons l'art de passer nos nuits à reculons,
d'éviter les heurts. Faisons-nous de mutuels sacri-
fices, désireux l'un et l'autre de supprimer toute
nouvelle cause de conflit. Je m'enfonce dans le
mur. Suspends-toi au bord du lit. Comprends-tu ?
Il s'agit de respecter nos sommeils, de ne nous
accorder que des mouvements sur place, de nous
interdire toute excursion imprudente au milieu,
et de le laisser, ce milieu, inoccupé et neutre.
Dormons longs et plats comme des lattes, si c'est
possible. En un mot, et pour me résumer, évitons

3

les fourmis et gardons les distances; notre bonheur en dépend! » —

— « Alors, tu n'es pas fâché? » —

— « Es-tu bête ! Avec vous, femmes, dès qu'on raisonne, on se fâche; me prends-tu pour uh Clinabare ?

— « Un Clinabare? » —

— « Oui, ou un Cantabre, un barbare enfin! » —

Il avait lu, ce matin même, les premiers chapitres de Salammbô, et les noms sonores lui revenaient à la mémoire presque malgré lui.

— « Enfin, puisque tu dis que tu m'aimes! » —

— « Mais oui, sois donc tranquille, et je te le prouverai en temps opportun. » —

— « Veux-tu m'embrasser? » —

— « Parbleu! mais comment donc? cela ne se demande pas. » —

Ils étaient encore à genoux et se faisaient face. Ils n'eurent qu'à se pencher. L'élasticité du sommier les déséquilibra, et ils ne purent s'embrasser qu'au petit bonheur, une boucle de cheveux, une portion de nez, tandis que les regards allaient mollement, involontairement, par l'entrebâillement des chemises, à des nudités bien connues et calmes. Le premier, Albert allongea son corps,

ramena le drap sur lui, et, le front au mur, attendit le sommeil. Aline demanda :

— « Je peux éteindre ? » —

— « Parfaitement ! » —

A souffle d'abord maladroit, puis rectifié
d'Aline, la flammèche de la bougie s'envola
comme une petite âme dans les ténèbres. Crain-
tivement et frileuse, Aline s'étendit tout au bord
du lit, et, entre les deux époux, l'espace indifférent s'échauffa peu à peu aux effluves entrecroisés
de leurs chairs, cependant que leurs deux haleines,
rythmiques et fortes, chassaient régulièrement devant elles les essaims invisibles des globules d'air
expiré.

LA MÈCHE DE CHEVEUX

A Henry Gauthier Villars (Willy).

Ma bonne amie, qui affectionne la mise en scène, m'a dit, avec un regard en-dessous, rouge comme une pensionnaire sur le point de faire une farce :

— « Passez-vous près d'une boîte aux lettres, en vous en allant ? » —

— « Oui, chère madame. » —

— « Voulez-vous vous charger de cette lettre ? » —

— « Mais comment donc ! chère madame. » —

La lettre que ma bonne amie m'a confiée, il est heureux que je m'en aperçoive, ne porte pas d'adresse. Elle n'est pas cachetée. J'ai la finesse de comprendre qu'il y a là un petit mystère. J'ouvre l'enveloppe, et je distingue au fond, écrasée, roulée en chenille, une mèche de cheveux, une mèche de cheveux pour moi.

Ha! .

Je rentre chez moi, et, c'est drôle, je n'éprouve aucune espèce de plaisir; vraiment, les femmes ont des manies bizarres. Qu'est-ce que je vais faire de cette mèche de cheveux? Elle est là, devant moi. Je n'ose pas y toucher. Enfin, je vide l'enveloppe sur la table. La mèche est fraîchement coupée, toute neuve, encore végétante, et, comme ma bonne amie n'a pas cru devoir la nouer dans une faveur, les cheveux s'éparpillent sur mon Baudelaire ouvert. Je me rappelle les livres loués aux cabinets de lecture et au-dessus desquels une centaine de lecteurs se sont gratté la tête et curé le nez. Je passe un vilain quart d'heure d'insensibilité. Il est possible que mon éducation sentimentale n'ait pas été assez soignée. Le sens de certains raffinements m'échappe. Je volerais la bourse d'une femme, plutôt qu'un de ses vieux gants ou son mouchoir sale, et, si je me jetais à ses pieds pour les lui baiser, j'embrasserais, en cachette, mon poing.

Cependant je n'oublie pas de me dire que ma

bonne amie est gentille, adorée. Elle s'est coupé
cette mèche dans une excellente intention. C'est
presque un sacrifice de sa part, et, si j'y prenais
goût, si j'en redemandais, elle en ferait vite une
calvitie. Soit encore! mais il me faut noter simplement mon impression dans toute sa grossièreté :
ces cheveux-là me dégoûtent! Tout à l'heure, je
les portais, en les tenant à distance, comme une
ordure dans du papier. Les voilà qui gisent au
creux des « Fleurs du mal »! Je ne les ra-mas-se-
rai pas!

Au lieu de m'imaginer le mouvement gracieux
de ma bonne amie qui les coupe, le bon sourire de
ses lèvres, le brillant de ses yeux, et le tendre
baiser qu'elle ajoute à cet amical souvenir pour
lui porter bonheur, je ne vois qu'un peignoir de
coiffeur malpropre, où des cheveux dégringolent
en légères avalanches, à chaque cricri du ciseau;
des cheveux qui se recroquevillent, agonisants,
qui sont morts, qui piquent le cou et font des
hachures dans les oreilles.

Oh! je n'en fais pas facilement accroire à mon
cœur, moi! Des scrupules montrent le bout du
nez, comme des souris peureuses. Ma chatte-mite
répugnance les fait sauver.

Espère-t-elle, ma bonne amie, que je vais enfermer sa mèche dans un médaillon, et la porter sur ma poitrine, comme un élève des jésuites son scapulaire.

Je regrette de ne l'avoir pas jetée négligemment dans la boîte au lettres : un employé des postes s'en serait glorifié. Il doit exister quelque part des assembleurs de collections pileuses. Tous les goûts, etc. Quand j'étais au collège, j'adressais dans des cornets mes rognures d'ongles à un camarade qui avait l'habitude de se ronger les siens.

Je pourrais en faire aussi un petit pinceau de pot à colle.

Soudain, précipitamment, pour en finir, j'ouvre ma fenêtre ; et, élevant à hauteur du menton l'exemplaire des « Fleurs du mal », je souffle, d'un seul souffle, sur les cheveux de ma bonne amie.

Ils sont partis, s'accrochant les uns aux autres, formant touffe, ailés, presque repris de vie, insectes, moins le bourdonnement sonore. Ils se sont envolés dans les intempéries ! Eux disparus, j'ai eu tout de suite la conscience nette que je venais de commettre une petite infamie, et j'ai baisé leur place, oui, la place des cheveux, bien vite, à la dérobée, à l'insu de moi-même, sur la page où,

par coïncidence, le poète internal s'exclame en
des vers qui m'ont cinglé comme des baguettes :

« **Extase** ! pour peupler ce soir l'alcôve obscure
Des souvenirs dormant dans cette chevelure,
Je la veux agiter dans l'air comme un mouchoir! »

Mais je suis bien bon d'avoir du chagrin : une
chevelure n'est pas une mèche de cheveux!

SOURIRES PINCÉS

A l'ami Buchotte

———

I

LE BÊCHEUR

Il bêche tout le jour, presque indifférent à la chaleur. De temps en temps, il passe sa manche de chemise sur son front et écrase, en riche qui s'ignore, des perles de sueur. A-t-il soif? Il boit à même la cruche d'eau au ventre de terre brune. Il bêche, afin que plus tard les choux s'ouvrent comme de grosses roses, et que, dans quinze jours, trois semaines au plus, les petits pois s'annoncent bien. Voilà que commence à l'horizon la chute oblique du soleil. Il bêche encore, sans se douter que, s'il ôtait sa chemise et sa culotte, il serait tout pareil au petit homme nu qu'on voit bêcher sur la couverture des livres édités par Alphonse Lemerre.

II

LES VERS LUISANTS

Le soir tombe sur le bois fatigué. Les oiseaux rentrent et se cherchent dans les feuilles, qui ne font pas plus de bruit que leurs ailes. Ils voudraient bien y voir un peu. Mais les étoiles sont trop loin et la lune ne descend pas assez près. En outre, le rouge des cenelles et des gratte-culs est insuffisant.

Soudain, pour éclairer leurs amours, savante à composer la gamme des lueurs, la mousse entremetteuse allume tous ses vers.

III

L'HERBE

Toute pleine de rosée, l'herbe reluit, tendre, verte, presque transparente. Un petit ruisseau coule dans ses brins. L'homme grave qui se promène a soif. Déjà, il arrondit ses deux mains. Mais il craint de s'abaisser, en se baissant pour boire.

Ensuite l'homme grave a faim. Mais sa pudeur l'empêche, la fausse, la sotte, de s'offrir à genoux un diner d'herbe fraîche !

IV

LES BŒUFS

Lents et tranquilles, les grands bœufs viennent boire. Le dos en ligne, ils boivent. C'est à peine si l'eau tremble. Enfin, rafraîchis, non grisés, ils relèvent la tête en même temps et s'en vont, comme ils étaient venus, sagement.

Mais l'un d'eux s'attarde.

Le bouvier très doux a beau lui piquer, sans malice, les écailles de crotte qui pendent à ses fesses : l'un d'eux s'attarde, et, les sabots plantés en terre, s'oublie à contempler l'image de ses cornes.

V

L'AFFUT

Le chasseur est assis près d'un tronc, le canon de son fusil appuyé sur une branche. Il écoute le bois s'endormir. Les arbres prennent des apparences humaines. Toute la paix du soir entre dans son cœur. La lune et lui se sourient. Bientôt, il pose son fusil près de lui, et, faisant, avec ses doigts, des gestes d'imitation, remuant faiblement la tête comme pour marquer la mesure, le bon chasseur, sans rancune, regarde les lapins danser leur menuet.

VI

LA VENDANGE

Tout le jour, semblables à des épouvantails en vie, des êtres effrayants ont coupé le raisin. Au pied des ceps, des feuilles rouillées s'efforcent, en voletant, de raccrocher leur queue à quelque chose. De retour les oiseaux modulent leur surprise.

— « Qui donc, sans eux, a vendangé leur vigne ? » —

Et les merles soupçonneux observent de travers l'attitude des grives.

VII

LE PÊCHEUR A LA LIGNE

Les ruisseaux accourent au bassin où se repose la rivière. L'un apporte le murmure câlin de ses joncs; l'autre, sur un mince filet clair, pur de toute boue, écrêmé sous les dents de la roue du moulin, tout essoufflé et comme toussotant, pour avoir tant sauté de cailloux, apporte le plain-chant des canards du village, tandis qu'au milieu du bassin, où s'égrène un vol de mouches, les poissons font des ronds à fleur d'eau, paillètent, et, repus, loin des bords, se demandent entre eux à quoi s'occupe ainsi le pêcheur à la ligne?

VIII

LES MOINEAUX

Vient décembre.

Les arbres, tout à coup blancs, semblent avoir été enlevés comme avec la main. Les moineaux chantent leur faim sur tous les tons. Mais la neige les attrape sans pitié, ironique, et leur dit :

— « Moineaux, je mets la nappe! » —

Vient Avril.

Sur les arbres, aujourd'hui comme hier, le blanc tombe avec profusion. Mais les moineaux malins, quoique moineaux, devinent un nouveau piège, et se tiennent sur leur garde. On ne la leur fait pas deux fois :

— « Tout ce blanc, c'est bien sûr encore de la neige! » —

LA DEMANDE

A Louis Béroud.

I

Dans la grande cour de la Gouille, Mme Repin lançait à sa volaille des poignées de grains. Ils s'envolaient régulièrement de la corbeille, suivant le rythme du geste, et s'éparpillaient en grésillant, sur le sol dur. La fine musique d'un trousseau de clefs entrechoquées montait de l'une des poches du tablier. En faisant des lèvres :

« Cht! cht! »

et même à grands coups de pieds, Mme Repin écartait les dindes voraces. Leurs crêtes bleuissaient de colère, et leurs demi-roues rayonnaient aussitôt avec une sorte de détonation et le brus-

que développement d'un éventail qui s'ouvre
entre les doigts d'une dame nerveuse.

M. Repin apparut sur la route, le pas accé-
léré. Le jet de grains fut comme coupé, les clefs se
turent, et les poules inquiètes se bousculèrent un instant, à cause de l'allure inaccoutumée de M. Repin.

— « Quoi donc? » — demanda la fermière.

M. Repin répondit :

— « Gaillardon en prend une! » —

— « Une poule? » —

— « Fais-donc la niaise : une de nos filles. Il
vient déjeuner dimanche. » —

Dès que ces demoiselles apprirent la nouvelle,
Marie, la plus jeune, embrassa d'une façon turbu-
lente sa grande sœur :

— « Tant mieux, mon Henriette, tant mieux! » —

Elle était heureuse du bonheur de son aînée
d'abord, et un peu pour elle, car M. Repin avait
toujours dit, presque en chantonnant :

— « Quand deux filles sont à marier, c'est l'aînée
qui va devant, la cadette suit derrière! » —

Or, Henriette n'avançait pas vite, et Marie songeait que si elle ne se mettait pas en tête, on
n'arriverait jamais, peut-être. On disait d'Henriette, au premier coup d'œil :

— « C'est une oie ! » —

— « Oui, mais elle n'est pas méchante. » —

— « Il ne manquerait plus que cela ! » —

En outre, elle était trop grande. Sa taille effrayante intimidait les hommes. Elle était aussi trop rouge, et, la figure couverte de taches ardentes, elle faisait à toute heure l'effet de s'être barbouillée en gavant, avec du son délayé, des volailles de concours. Elle avait vingt-cinq ans. M. Gaillardon était un fermier des environs, très à l'aise et déjà en pleine maturité. Henriette n'avait pas à faire d'objection. Du reste, elle n'en cherchait point ; mais, effarouchée et gauche, elle n'osait accepter avec une joie bruyante un bonheur qui pouvait encore lui échapper et qu'elle n'attendait plus. Marie, la jolie brune au teint blanc, avait beau lui dire :

— « Quelle veine ! mais ris donc, veux-tu bien rire ! » —

Elle ne riait pas, tout près de trouver sa cadette insupportable ; elle aurait voulu être un peu seule, avec les quelques idées très rares et nouvelles qui mettaient tant de désordre dans sa tête, et, comme elle connaissait bien l'opinion du monde, elle ne voulait pas croire à tant de chance, et elle s'avouait intérieurement :

— « Non, ce n'est pas possible, je suis trop bête, trop oie! » —

— « Allons, bon, voilà que tu pleures, maintenant! » —

— « C'est rien, c'est les nerfs. » —

II

Au déjeuner du dimanche, quand on passa à table, Mme Repin dit :

— « Où donc que vous allez vous mettre, monsieur Gaillardon ? » —

— « Moi, oh! ça m'est égal, où vous voudrez. » —

— « Il serait peut-être mieux de vous mettre à côté de mes filles, mais en faisant le service, elles vous dérangeraient. » —

— « Oh! non, elles ne me dérangeraient pas. » —

— « Et si des fois, en apportant les plats, elles renversaient de la sauce sur votre veste ? » —

Il se mit à rire :

— « Ah! par exemple, ceci ne serait point à faire. » —

— « Dame, mettez-vous où vous voudrez! » —

— « Non, non, où vous voudrez, vous. Moi, je vous dis, ça m'est égal. » —

Mme Repin, perplexe, et la peau du front contractée, recomptait les couverts, haussait les épaules, et s'égarait dans ses calculs.

En attendant sa décision, tous, debout, l'estomac vide, tambourinaient des doigts sur le dossier de leur chaise, prêts à s'élancer, au moindre commandement, pour s'asseoir.

Enfin elle reprit :

— « Voyez-vous, j'ai peur à cause de la sauce; un malheur peut arriver. Comment faire? » —

Irrésolue et prise au dépourvu, elle consulta ces demoiselles, qui répondirent, l'une :

— « Oh! ça m'est égal. » —

Et l'autre :

— « Oh! ça m'est égal. » —

Non qu'elles fussent indifférentes, mais elles ignoraient les propos du grand monde.

Heureusement M. Repin prit la parole.

— « Tiens, femme, tu nous ennuies. En voilà, des manières. Asseyez-vous là, monsieur Gaillardon, à côté de moi; et les autres, arrangez-vous. Après tout, vous êtes de la famille, et si vous n'en êtes pas, vous en serez. » —

Quel homme rond que M. Repin, rond comme la terre!

— « A la bonne heure! au moins, vous comprenez les affaires » — dit M. Gaillardon.

Il allait s'asseoir, mais il n'avait pas encore eu l'occasion de poser son chapeau quelque part. Il chercha des yeux un clou pour le pendre. N'en découvrant pas, comme aucune de ces dames ne s'offrait pour le débarrasser en disant :

— « Donnez-donc, donnez donc. » —

Il dut le poser sur une chaise.

Il aimait les plats cuit à point, et plut tout de suite à M. Repin. Tous les deux étaient à peu près également chauves, mais, grâce à sa barbe blanche et longue, M. Repin l'emportait en autorité sur son futur gendre. D'ailleurs, il parlait haut, un peu fier d'avoir un domicile. Ils causèrent bœufs longuement, et tombèrent d'accord, au bout de mutuelles concessions, qu'il faut qu'un bœuf vendu paie son engrais à raison de un franc par jour; et encore, ce n'est pas beau! On fait ses frais, voilà tout.

Au dessert, quand il trouva un moment pour faire tourner ses pouces son sur ventre, M. Gaillardon se hasarda à regarder Mlle Marie. Sans doute, il n'osait pas regarder tout d'abord et franchement, comme un effronté, Mlle Henriette.

Il s'essayait et prenait du courage avec la jeune sœur.

Du moins, cela parut évident à tous.

Henriette le comprit si nettement qu'elle baissa les yeux de confiance. Le regard n'allait pas à elle, mais il était pour elle. Au contraire, Marie, n'étant point en cause, ne jugeait pas convenable de s'intimider, et la tête haute, œil pour œil, elle dévisageait M. Gaillardon, ce qui achevait de le troubler.

Bien entendu, et conformément aux habitudes prudentes de gens qui n'abordent que le plus tard possible les sujets graves, il ne fut pas question de mariage ce jour-là.

Un autre dimanche passa, et rien ne se conclut. Mme Repin s'impatientait. Il est bon de prendre des précautions, jusqu'à un certain point, toutefois. Outre qu'on ne déjeune pas pour rien à la campagne, comme à Paris, où chacun sait que certains restaurants donnent à manger à des prix si réduits! Peut-être M. Gaillardon espérait-il causer auparavant avec la jeune fille.

Aussi, le dimanche suivant, quand M. Repin dut quitter la table, au dessert, pour aller voir une bête à cornes qui s'était cassé la jambe, Mme Repin,

4

habile et audacieuse, sortit, passa dans la cuisine, appela Marie et laissa son Henriette en tête à tête avec M. Gaillardon. Celui-ci, tout d'abord, attendit leur retour. Comme elles tardaient, il chercha à s'occuper et débourra soigneusement sa pipe, en lui enfonçant dans le tuyau, jusqu'à la gorge, une aiguille à tricoter.

Henriette, ses fortes mains étalées sur ses genoux, gardait son immobilité, dans un coin, la tête penchée, le souffle doux, rouge autant que l'occasion l'exigeait. M. Gaillardon se leva et se promena d'une fenêtre à l'autre. Il s'aperçut que le temps allait se gâter sûrement, et, comme il voulait être de retour chez lui avant l'orage, il appela ces dames pour leur dire au revoir.

Dès qu'il fut parti, Mme Repin demanda :

— « Qu'est-ce qu'il t'a dit, mon Henriette? » —
— « Il m'a rien dit. » —

C'était trop fort. Une semblable indifférence stupéfia M. Repin même. Il fut d'avis qu'il fallait renouveler l'essai.

Donc, au premier déjeuner, le café pris d'une manière hâtive, M. Repin, sous le prétexte d'ne course pressée, se leva de table. Mme Repin et Mlle Marie disparurent vite dans la cuisine. Mais cinq minutes après M. Gaillardon les rejoignait.

— « Est-ce que je vous fait peur ? » — dit-il à Mlle Marie.

Elle était à ce point interdite qu'elle ne trouva rien à répondre.

— « Faudrait pourtant vous habituer à moi » — ajouta M. Gaillardon.

Mme Repin intervint.

— « C'est comme ça que vous laissez mon Henriette ? » —

— « Oh ! j'ai bien le temps de la voir, elle ! » —

Mme Repin dit finement :

— « Ça, c'est vrai. » —

Mais, réflexion faite, elle trouva que de la part d'un prétendu ce n'étaient point des choses à avouer. Toujours hardie, elle le prit par le bras, le ramena de force à la salle à manger et dit :

— « Laissez-nous donc voir un peu tranquilles. Nous avons à travailler. Henriette n'a rien à faire ; bavardez avec elle, à votre aise. » —

Et elle referma la porte sur lui, bruyamment.

Dès son départ, qui d'ailleurs ne se fit pas long-temps attendre, Mme Repin et Mlle Marie, anxieuses, interrogèrent encore Henriette.

— « Qu'est-ce qu'il t'a dit, mon Henriette ? » —

— « Il m'a rien dit. » —

Mme Repin et sa fille cadette se regardèrent :

— « Eh bien, tu crois! eh bien, tu crois! » —

Décidément, cet homme têtu leur ferait passer de mauvaises nuits. M. Repin dut s'en mêler directement. Il entra en scène, avec énergie, c'était le plus sûr moyen, en offrant à M. Gaillardon un verre de vieille fine, c'était le meilleur moment.

— « Voyons, dit-il, nous fixons le jour? » —

— « Enfin, dit M. Gaillardon, vous y voilà. Je n'osais pas vous le dire, mais, sans reproche, je commençais à trouver le temps long. Toutefois, on est bien éduqué, ou on ne l'est pas. » —

— « Très bien, dit M. Repin; alors, prenons le vingt-sept octobre, ça vous va-t-il? » —

— « Si ça me va! » —

Et le beau-père et le gendre approchèrent leurs verres de fine, en ayant soin de ne pas les entrechoquer, de peur d'en renverser des gouttes. M. Repin se tourna vers sa femme, et, le torse droit, la main gauche en grappin sur la cuisse :

— « Bourgeoise, qu'est-ce que tu avais donc l'air de dire ? Voilà comme on arrange les choses : les simagrées ne servent à rien. » —

M. Gaillardon réclama l'honneur et le plaisir
d'embrasser ces dames. Elles s'essuyèrent les lèvres, se levèrent avec minauderie et se placèrent
sur un rang. M. Gaillardon commença la tournée.
Il termina par Mlle Marie. Elle fut obligée de le
repousser, car il doublait sa part. Sa joue était
d'un rouge écarlate tout neuf, à l'endroit où son
beau-frère venait de l'embrasser.

— « Ne vous gênez pas, qu'est-ce que va dire ma
sœur? » —

Ému, comme au jour de sa première com-
munion, le fiancé chercha des mots d'ex-
cuses, puis, saisissant la main de M. Repin, il
dit :

— « Mon cher papa, merci. » —

Leurs têtes chauves se trouvaient à niveau. Qui
était le « cher papa »? Il eût fallu regarder de
bien près. On s'y trompait. L'émotion gagna
toute la société. M. Repin, désignant sa femme
en larmes, disait :

— « Regardez-la donc, est-elle bête, est-elle
bête. » —

Comme il avait peur d'être bête à son tour, il
brusqua les choses :

— « Il se fait tard. Allez-vous-en, à dimanche.

4.

Venez de bonne heure, nous jouerons à la « ga-
dine. » —

Dans la cour, un cabriolet attendait. Le domes-
mestique, la blouse gonflée, avait peine à contenir, à coups de guides, la lourde jument aux
jambes poilues. M. Gaillardon mettait un pied sur
le marchepied, frappant de l'autre talon de violents coups sur le sol pour se hisser jusqu'au
siège. Mais la jument remuante lui donnait bien
du mal. Il sautillait, tournant encore la tête du côté
de sa nouvelle famille.

— « Au revoir, bien le bonsoir ! » —

Henriette était en arrière avec sa mère. M. Repin se trouvait tout près, donnant le bras à Marie,
et disait :

— « Ah ! Marie, à ton tour maintenant. Voilà
Henriette bien lotie, il faudra qu'on pense à
toi. » —

— « Comment ça ? » — dit M. Gaillardon, qui
dansait encore sur un pied.

— « Dame, vous vous en moquez, maintenant
que vous avez ce qu'il vous faut. » —

— « Mais pardon, mais pardon, dit M. Gaillardon,
faites excuse, je ne comprends pas. » —

— « Mais montez donc ; ce n'est pas votre affaire.

Vous allez pourtant finir par vous faire écraser » —
dit M. Repin.

Et, donnant un bon coup d'épaule à l'arrière-
train de son gendre, il le poussa de force dans le
cabriolet. La jument sentit que le poids était au
complet, et partit au grand trot, cinglée par le do-
mestique à la blouse ballonnante. Longtemps les
Repin virent M. Gaillardon agiter les bras de leur
côté, comme lorsqu'on veut marquer une grande
surprise. Ils se demandaient :

— « Mais qu'est-ce qu'il a donc, mais qu'est-ce
qu'il a donc? » —

Puis, tout à la joie, on ne se demanda plus
rien.

III

Mais quand, une nouvelle fois, M. Gaillardon
se laissa tomber du cabriolet, il leur revint qu'il
les avait quittés drôlement, et M. Repin prit encore sur lui d'arranger les choses, au dessert, s'entend.

— « Qu'est-ce que vous aviez donc, l'autre jour,
sur l'adieu ? » —

— « J'avais, dit M. Gaillardon, ce que j'ai encore. » —

A ces mots, les cuillers, qui mélangeaient dans des assiettes à fleurs le fromage blanc, l'échalotte et la crême, s'immobilisèrent soudain.

— « Ah! ah! » —

— « Voyons, du calme, dit M. Repin, qu'est-ce qu'il y a? » —

— « Il y a, dit M. Gaillardon, il y a qu'il y a maldonne. Voila ce qu'il y a. » —

— « Maldonne! » —

— « Parfaitement. » —

M. Repin regarda sa femme et ses deux filles, qui, le buste écarté de la table, le regardaient. Il dit :

— « Comprends pas, et vous?» —

Celles-ci firent signe de la tête :

— « Ni nous! » —

— « C'est pourtant bien simple. Il y a que je vous ai demandé l'une de vos filles, et que vous m'avez donné l'autre. Vous me direz ce que vous voudrez, mais il me semble que ce n'est pas d'un franc jeu. » —

M. Repin leva les bras, les abaissa, siffla du bout des lèvres.

— « Pu tu tu u u. —

Il atteignait l'extrême de l'étonnement. Ces

dames ne firent pas un geste, atterrées. Selon la méthode ancienne, le silence, le grave et majestueux silence, prince des situations fa sses, régna. Enfin M. Repin parvint à parler :

— « Il fallait le dire, il fallait le dire ! » —

Mme Repin, un moment déconcertée, renonça à se contenir davantage.

— « Comment, ce n'est pas notre Henriette que vous nous avez demandée ? » —

— « Pas du tout, c'est mademoiselle Marie ! » —

M. Gaillardon, ayant chiffonné sa serviette entre ses doigts, l'écrasa sur la table, se leva et marcha d'une fenêtre à l'autre et inversement, d'un pas inégal, avec une grande agitation. Ses bretelles étaient un peu anciennes et mollissaient. Son pantalon tenait mal. Il le relevait d'un mouvement brusque, puis se croisait les mains derrière le dos. Ces demoiselles, bouche bée, attendaient la suite.

— « Femmes, du calme, dit M. Repin, de la dignité. Ne nous emportons pas comme des libertins. » —

Sa recommandation était superflue. Personne ne songeait à s'emporter. Seulement, on se trouvait aux prises avec une difficulté inattendue. Il

s'agissait de la tourner avec tranquillité et prudence, comme un arbre qui, déraciné par le vent,
barre la route. M. Repin se leva également
et commença une promenade à l'exemple de
M. Gaillardon, mais en sens opposé. Au troisième croisement :

— « Monsieur, dit-il, je ne vous dirai pas que je
suis surpris, je suis étonné, profondément étonné,
mais, après tout, rien n'est fait, et du moment
que vous reprenez votre parole, nous vous la
rendons. » —

Il était presque distingué, ayant parlé un jour,
en personne, au préfet, et la gravité du cas lui
faisait trouver des phrases correctes.

— « Oh, je ne réclame rien, dit M. Gaillardon, en frappant l'air de son bras comme
d'un fouet. C'est fait, c'est fait, tant pis pour
moi ! » —

Tout à coup on entendit des sanglots, et Henriette en larmes, les mains sur les yeux pour
cacher son visage, dit, convulsée :

— « Mais, je ne tiens pas tant que cela à me
marier, moi ; s'il aime mieux ma sœur, qu'il
prenne ma sœur. » —

— « Ça, jamais, déclara M. Repin ; j'ai toujours dit que tu te marierais la première, la première tu te marieras. » —

Mme Repin semblait aussi opiniâtre, mais Henriette vint embrasser son père et lui dit :

— « Je t'assure, mon papa, que j'ai bien le temps de me marier. » —

— « Bien le temps, mais tu ne sais donc pas que tu as vingt-cinq ans, presque vingt-six. » —

— « Si, si, mais, vois-tu, j'aime mieux attendre encore un petit peu. » —

Elle le suppliait, pleurante, avec des hoquets, le dominant de tout son buste de géante, et sa voix pauvre et honteuse de se faire entendre semblait une voix amincie entre ses dents comme par un laminoir.

— « C'est honnêtement parlé » — dit M. Gaillardon.

Il lui prit les deux mains et les serra avec vigueur. Elle se laissa faire, apparemment sans rancune, tant elle trouvait simple que la chance, un moment égarée de son côté, reprit le bon chemin pour aller ailleurs, vers les autres. Mme Repin céda la première.

— « Si elle n'y tient pas, faut pourtant pas la forcer ! » —

— « Possible, elle est libre. Mais on ne peut toujours pas donner sa sœur à ce monsieur dont tu ne veux point, dis-voir, Marie? » —

— « Oh! moi, répondit Marie, ça m'est égal. Faites comme vous voudrez, comme ça vous fera plaisir à tous. » —

— « Sûrement, dit Mme Repin, si ce monsieur s'en retourne chez lui les mains vides, on va causer. » —

Monsieur Gaillardon approuva.

— « Voyons, mon cher papa! » —

— « Connu, dit M. Repin, on ne prend pas les mouches avec du vinaigre, mais je ne veux pas encore donner dans le panneau; et, pour commencer, faites-moi le plaisir de ne point m'appeler : « cher papa », du moins avant d'avoir tout réglé convenablement et solidement, cette fois. Voyons, parlons franc et le cœur sur la main (Il levait et étendait sa main à hauteur de menton, les doigts joints, la paume en creux, comme si son cœur allait sauter dedans). C'est bien ma fille cadette, Marie, la brune, âgée de vingt-deux ans, que vous me demandez en mariage? » —

— « Tout juste. » —

— « Je vous la donne, mais vous allez signer un

papier comme quoi, si vous changez encore une
fois d'idée, vous me donnerez une paire de
bœufs, des bœufs fameux, oui-da, des bœufs de
mille. » —

— « Soit, c'est dit. » —

— « Alors donc, adjugée la cadette.» —

De nouveau, leurs têtes chauves se rapprochè-
rent, leurs mains s'étreignirent et leurs visages se
rassérénèrent comme des ciels.

Puis Marie embrassa sa grande sœur Henriette,
et à son tour pleura.

— « Ma pauvre sœur, quand j'y pense! Ecoute,
va, tu peux être sûre que je n'y pensais pas. Qu'est-
ce que vous voulez, on pourra dire que si je
me suis mariée avant toi, je ne l'ai pas fait exprès. » —

— « C'est bon, c'est bon, dit M. Repin, pas
tant de giries. Henriette n'attendra pas longtemps,
marche, je vais lui en trouver un en ne tardant
guère, et un crâne encore!» —

Il frappait amicalement de petits coups sur l'é-
paule, puis sur la joue de son Henriette. Celle-ci,
les yeux rouges encore et les cils humides, toutes
les taches de sa peau de rousse en feu, s'efforçait
de sourire en disant :

5

— « Mais oui, mais oui, va, papa. » —
de retenir ses larmes et de garder pour elle,
en dedans, la grosse peine qui gonflait, gonflait
sa poitrine énorme jusqu'à menacer de l'étouffer :

— « Ah ! pour ça, dit M. Gaillardon, mon
cher papa, je suis votre homme. J'ai justement un
ami qui en cherche une ; elle va joliment bien
faire son affaire ! » —

LES JOUES ROUGES

A Ernest Raynaud

I

Son inspection habituelle terminée, M. le Directeur de l'Institution Saint-Marc quitta le dortoir. Chaque élève s'était glissé dans ses draps, comme dans un étui, en se faisant tout petit, afin de ne pas se déborder. Le maître d'étude, Violone, d'un tour de tête, s'assura que tout le monde était couché, et, se haussant sur la pointe du pied, doucement baissa le gaz. Aussitôt, entre voisins, le caquetage commença. De chevet à chevet, les chuchotements se croisèrent, et des lèvres en mouvement monta, par tout le dortoir, un bruissement confus, où, de temps en temps, se distinguait le sifflement bref d'une consonne.

C'était sourd, continu, agaçant à la fin, et il semblait vraiment que tous ces babils, invisibles et
remuants comme des souris, étaient occupés à
grignoter du silence.

Violone mit des savates, se promena quelque
temps entre les lits, chatouillant çà le pied d'un
élève, là tirant le pompon du bonnet d'un autre,
et s'arrêta près de Marseau, avec lequel il donnait, tous les soirs, l'exemple des longues cause-
ries prolongées bien avant dans la nuit. Le plus
souvent, les élèves avaient cessé leur conversation, par degrés étouffée, comme s'ils eussent peu
à peu tiré leur drap sur leur bouche, et dormaient,
que le maître d'étude était encore penché sur le lit
de Marseau, les coudes durement appuyés sur le fer,
insensible à la paralysie de ses avant-bras et a
remue-ménage des fourmis courant à fleur de
peau jusqu'au bout de ses doigts. Il s'amusait de
ses récits enfantins, et le tenait éveillé par d'inti-
mes confidences et des histoires de cœur. Tout de
suite, il l'avait chéri pour la tendre et tranparente
enluminure de son visage, qui paraissait éclairé
en dedans. Ce n'était plus une peau, mais ne
pulpe, derrière laquelle, à la moindre variation
atmosphérique, par exemple, s'enchevêtraient visi-

blement les veinules, comme les lignes d'une carte d'atlas sous une feuille de papier à décalquer. Marseau avait d'ailleurs ne manière séduisante de rougir sans savoir pourquoi et à l'improviste, qui le faisait aimer comme une jeune fille. Souvent, un camarade pesait du bout du doigt sur l'une de ses joues et se retirait avec brusquerie, laissant une tache blanche, bientôt recouverte d'une belle coloration rouge, qui s'étendait avec rapidité, comme du vin dans de l'eau pure, se variait richement et se nuançait depuis le bout du nez rose jusqu'aux oreilles lilas. Chacun pouvait opérer soi-même, et Marseau se prêtait complaisamment aux expériences. On l'avait surnommé Veilleuse, Lanterne, Bec de Gaz et même Quatorze-Juillet. C'était un peu long, mais si symbolique ! Cette faculté de s'embraser à volonté lui avait fait bien des envieux.

Véringue, son voisin de lit, le jalousait entre tous, sorte de petit pierrot lymphatique et grêle, au visage farineux, qui se pinçait vainement, à se faire mal, son épiderme exsangue, pour y amener quoi ! et encore pas toujours, quelque point d'un roux douteux. Il eût volontiers zébré haineusement à coups d'ongles et écorcé comme des oranges les joues vermillonnées de Marseau.

Depuis longtemps très intrigué, il se tint aux écoutes, ce soir-là, dès la venue de Violone, soupçonneux avec raison peut-être et désireux de savoir la vérité sur les allures cachottières du maître d'étude. Il mit en jeu toute son habileté de petit espion, simula un ronflement pour rire, changea avec affectation de côté, en ayant soin de faire le tour complet, poussa un cri perçant (car chacun, n'est-ce pas, a le droit d'avoir son cauchemar), ce qui réveilla en peur le dortoir et imprima un fort mouvement de houle à tous les draps; puis, dès que Violone se fut éloigné, il dit à Marseau, le torse hors du lit, le souffle ardent :

— « Pistolet! Pistolet! » —

Il ne lui fut rien répondu. Véringue se mit sur les genoux, saisit le drap de Marseau, et, le secouant avec force :

— « Entends-tu? Pistolet! » —

Pistolet ne **semblant** pas entendre, Véringue exaspéré reprit :

— « C'est du propre!...Tu crois que je ne **vous** ai pas vus. Dis voir un peu qu'il ne t'a pas embrassé! dis-le voir un peu que tu n'es pas son pistolet. » —

Il se dressait, le col tendu, pareil à un jars blanc

qu'on agace, les poings fermés au bord du lit.

Mais, cette fois, on lui répondit :

— « Eh bien! après? » —

D'un seul coup de reins, Véringue rentra dans ses draps : c'était le maître d'étude qui revenait en scène, appar   soudainement!

II

— « Oui, dit Violone, je t'ai embrassé, Marseau; tu peux l'avouer, car tu n'as fait aucun mal. Je t'ai embrassé sur le front, mais Véringue ne peut pas comprendre, déjà trop dépravé pour son âge, que c'est là un baiser pur et chaste, un baiser de père à enfant, et que je t'aime comme un fils, ou si tu veux comme un frère, et demain il ira répéter partout je ne sais quoi, le petit imbécile! » —

A ces mots, tandis que la voix de Violone vibrait sourdement, Véringue feignit de dormir. Toutefois, il soulevait sa tête afin d'entendre encore.

Marseau avait écouté le maître d'étude, le souffle ténu, ténu, car tout en trouvant ses paroles très naturelles et bien compréhensibles, il tremblait comme s'il eût redouté la révélation de quelque mystère. Violone continua, le plus bas qu'il put. C'étaient des mots inarticulés, lointains, des sons à peine localisés. Véringue, qui,

sans oser se retourner, se rapprochait insensible-
ment, au moyen de légères oscillations de hanches,
n'entendait plus rien. Son attention était à ce
point surexcitée que ses oreilles lui semblaient ma-
tériellement se creuser et s'évaser en entonnoir;
mais aucun son n'y tombait. Il se rappelait avoir
éprouvé parfois une sensation d'effort semblable,
en écoutant aux portes, en collant son œil à la
serrure, avec le désir d'en agrandir le trou, et
d'attirer à lui, comme avec un crampon, ce qu'il
voulait voir. Cependant il l'aurait parié, Violone
répétait encore :

— « Oui, mon affection est pure, pure, et c'est
ce que ce petit imbécile ne comprend pas! » —

Enfin le maître d'étude se pencha avec la douceur d'une ombre sur le front de Marseau, l'embrassa en le caressant de sa barbiche comme d'un
pinceau, puis se redressa pour s'en aller, et Véringue le suivit des yeux glissant entre les rangées de
lits. Quand la main de Violone frôlait un traver-
sin, le dormeur dérangé changeait de côté avec
un fort soupir.

Véringue guetta longtemps. Il craignait un nouveau retour brusque de Violone. Déjà Marseau
faisait la boule dans son lit, la couverture sur ses

yeux, bien éveillé d'ailleurs, et tout au souvenir de l'aventure dont il ne savait que penser. Il n'y voyait rien de vilain qui pût le tourmenter, et cependant, dans la nuit des draps, l'image de Violone flottait lumineusement, étrange et douce comme ces images de femmes qui l'avaient échauffé en plus d'un rêve.

Véringue se lassa d'attendre. Ses paupières, comme aimantées, se rapprochaient. Il s'imposa de fixer le gaz, presque éteint; mais, après avoir compté trois éclosions de petites bulles crépitantes et pressées de sortir du bec, il s'endormit.

III

Le lendemain matin, au lavabo, tandis que les cornes des serviettes, trempées dans un peu d'eau froide, frottaient légèrement les pommettes frileuses, Véringue regarda méchamment Marseau, et, s'efforçant d'être bien féroce, il l'insulta de nouveau, les dents serrées sur les syllabes sifflantes :

— « Pistolet! pistolet! » —

Les joues de Marseau s'empourprèrent, mais il répondit sans colère, et le regard presque suppliant :

— « Puisque je te dis que ce n'est pas vrai, ce que tu crois! » —

5.

Le maitre d'étude passa la visite des mains. Les élèves, sur deux rangs, offraient sans conviction d'abord le dos, puis la paume de leurs mains, en les retournant avec rapidité, et les remettaient aussitôt bien au chaud, dans les poches ou sous la tiédeur de l'édredon le plus proche. D'ordinaire, Violone s'abstenait scrupuleusement de les regarder. Cette fois, bien mal à propos, il trouva que celles de Véringue n'étaient pas très propres. Véringue, prié de les repasser sous le robinet, se révolta. On pouvait, à vrai dire, y remarquer ne tache bleuâtre, mais il soutint que c'était un commencement d'engelure. On lui en voulait, sûrement. Violone dut le faire conduire chez M. le directeur.

Celui-ci, matinal, préparait, dans son cabinet vieux vert, un cours d'histoire qu'il faisait aux grands, à ses moments perdus. Ecrasant sur le tapis de sa table le bout de ses gros doigts, il posait les principaux jalons : ici la chute de l'empire Romain ; au milie la prise de Constantinople par les Turcs ; plus loin l'Histoire contemporaine, qui commence on ne sait où et n'en finit plus.

Il avait une ample robe de chambre dont les galons brodés cerclaient sa poitrine puissante, pareils à des cordages autour d'une colonne. Il mangeait visiblement trop, cet homme ; ses traits étaient gros et toujours un peu luisants. Il parlait fortement, même aux dames, et les plis de son cou ondulaient sur son col fripé d'une manière lente et rythmique. Il était encore remarquable pour la rondeur de ses yeux et l'épaisseur de ses moustaches.

Véringue se tenait debout devant lui, sa casquette entre les jambes afin de garder toute sa liberté d'action.

D'une voix terrible, le Directeur demanda :

— « Qu'est-ce que c'est ? » —

— « Monsieur, c'est le maître d'étude qui m'envoie vous dire que j'ai les mains sales, mais c'est pas vrai ! » —

Et de nouveau, consciencieusement, Véringue montra ses mains en les retournant : d'abord le dos, ensuite la paume. Il fit même la preuve : d'abord la paume, ensuite le dos.

— « Ah ! c'est pas vrai, dit le Directeur, quatre jours de séquestre, mon petit ! » —

— « Monsieur, dit Véringue, le maître d'étude, il m'en veut ! » —

— « Ah ! il t'en veut, huit jours, mon petit ! » —

Véringue connaissait son homme. Une telle

douceur ne le s rprit point. Il était bien décidé
à tout affronter. Il prit une pose raide, serra ses
jambes et s'enhardit, au mépris d'une gifle. Car
c'était, chez Monsieur le Directeur, une innocente
manie d'abattre, de temps en temps, un élève ré-
calcitrant du revers de la main : vlan! L'habileté
pour l'élève visé consistait à prévoir le coup et à
se baisser, et le Directeur se déséquilibrait, au rire
étouffé de tous. Mais il ne recommençait pas, sa
dignité l'empêchant d'user de ruse à son tour. Il
devait arriver droit et du premier coup sur la joue
choisie, ou alors ne se mêler de rien.

— « Monsieur, dit Véringue réellement auda-
cieux et fier, le maître d'étude et Marseau, ils font
des choses! » —

Aussitôt les yeux du Directeur se troublèrent
comme si deux moucherons s'y fussent précipités
soudain. Il appuya ses deux poings fermés au bord
de la table, se leva à demi, la tête en avant, comme s'il allait cogner Véringue en pleine poitrine,
et demanda par sons gutturaux :

— « Quelles choses? » —

Véringue sembla pris au dépourvu. Il attendait
(peut-être, après tout, que ce n'était que différé)
l'envoi d'un tome massif de M. Henri Martin,

par exemple, lancé d'une main adroite, et voilà qu'on lui demandait des détails, et des détails précis, naturellement. Pourquoi pas des gravures? Comme il apprenait l'Anglais, il se dit intérieurement : shocking!

Le Directeur attendait. Tous les plis de son cou s'étaient réunis pour ne former qu'un bourrelet unique, un épais rond de cuir, où siégeait, de guingois, sa tête. Véringue hésita, le temps de se convaincre que les mots ne lui venaient pas, puis, la mine tout à coup confuse, le dos rond, l'attitude apparemment gauche et penaude, il alla chercher sa casquette entre ses jambes, l'en retira aplatie, se courba de plus en plus, se ratatina, et l'éleva doucement, sa casquette, à hauteur de menton, et lentement, sournoisement, avec des précautions pudiques, il enfouit sa tête simiesque et pâle dans la doublure ouatée, sans dire un mot.

IV

Le jour même, à la suite d'une courte enquête, Violone recevait son congé! Ce fut un touchant départ, presque une cérémonie.

— « Je reviendrai, avait dit Violone, c'est une absence. » —

Mais il n'en fit accroire à personne. L'Institution renouvelait son personnel, comme si elle eût craint pour lui la moisissure. C'était un va et vient de maîtres d'étude. Celui-là partait comme les autres, et, meilleur, il partait plus vite. Presque tous l'aimaient. On ne lui connaissait pas d'égal dans l'art d'écrire des entêtes pour cahiers, tels que : *Cahier d'exercices grecs appartenant à...* Les majuscules étaient moulées comme des lettres d'enseigne. Les bancs se vidaient. On faisait cercle autour de son bureau. Sa belle main, où brillait la pierre verte d'une bague, se promenait élégamment sur le papier. Au bas de la page, il improvisait une signature. Elle tombait, comme une pierre dans l'eau, dans une ondulation et un remous de lignes à la fois régulières et capricieuses qui formaient le paraphe, un petit chef-d'œuvre tout simplement. La queue du paraphe s'égarait, se perdait dans le paraphe lui-même. Il fallait regarder de très près, chercher longtemps pour la retrouver. Quelquefois même on n'y parvenait pas. Inutile de dire que le tout était fait d'un seul trait de plume. Un jour, il réussit un enchevêtrement de lignes qu'il dénomma cul-de-lampe. Longuement les petits s'émerveillèrent. Son renvoi les chagrina fort.

Ils convinrent qu'ils devaient bourdonner le
Directeur à la première occasion, c'est-à-dire en-
fler les joues et imiter avec les lèvres le vol des
bourdons pour marquer leur mécontentement.
Quelque jour, il n'y manqueraient pas. En attendant ils s'attristèrent les uns les autres. Violone,
qui se sentait regretté, eut la coquetterie de partir pendant une récréation. Quant il parut dans la
cour, suivi d'un garçon qui portait sa malle, tous
les petits s'élancèrent. Il serrait des mains, ta-
potait des visages, et s'efforçait d'arracher les pans
de sa redingote sans les déchirer, cerné, envahi,
et souriant, ému. Les uns, suspendus à la barre
fixe, s'arrêtaient au milieu d'un renversement et
sautaient à terre, la bouche ouverte, le front en
sueur, leurs manches de chemise retroussées et
les doigts écartés : car enduits de colophane ils
s'engluaient au premier rapprochement. D'autres,
plus calmes, qui tournaient monotonement dans la
cour, agitaient les mains, en signe d'adieu. Le
garçon, courbé sous la malle, s'était arrêté afin de
conserver ses distances, ce dont profita un tout petit
pour plaquer sur son tablier bien blanc ses cinq
doigts trempés dans du sable mouillé. Les joues
de Marseau s'étaient rosées à paraître peintes. Il

éprouvait sa première peine de cœur sérieuse ;
mais, troublé et contraint de s'avouer qu'il regret-
tait le maître d'étude un peu comme une petite
cousine, il se tenait à l'écart, inquiet, presque
honteux. Sans embarras, Violone allait à lui
quand on entendit un fracas de carreaux. Tous les
regards montèrent vers la petite fenêtre grillée du
séquestre. La vilaine et sauvage tête de Véringue
parut. Il grimaçait, blême petite bête mauvaise
en cage, les cheveux dans les yeux et ses dents
blanches toutes à l'air. Il passa sa main droite
entre les débris de la vitre, qui le mordit, comme
animée, et menaça Violone de son poing sai-
gnant.

— « C'est toi, dit le maître d'étude, petit imbécile,
te voilà content ! » —

— « Dame ! lui cria Véringue, tandis que, avec
entrain, il cassait d'un second coup de poing n
autre carreau. Pourquoi que vous l'embrassiez et
que vous m'embrassiez pas, moi ? » —

Et il ajouta, en se barbouillant gaminement la
fig re avec le sang qui coulait de sa main coupée :

— « Tiens, moi aussi, j'en ai des joues rouges,
quand j'en veux ! » —

LES PETITES BRUYÈRES

A Jean Lorrain

— — —

I

GENS DES DEUX SEXES

1

Ecrire des maximes, c'est relever chaque jour, comme un épicier d'ordre, les petites recettes de son esprit.

2

Faire un volume entier, ou seulement tenir toute une conversation sans parler de ces dames, voilà une originalité à prendre, un tour de force à exécuter. Sinon, parlons en tout de suite et que ça finisse.

3

Et d'abord, nous pensons leur être agréable, et même leur faire un brin de cour (étrange métaphore ! pourquoi pas une botte ?), en numérotant ces quelques notes au moyen de chiffres ordinaires, pour ne pas dire arabes, car il a été fréquemment constaté que les chiffres romains les déroutent, et qu'au delà du nombre XXX elles ne savent plus trop où elles sont.

4

Quand une femme vous dit :

« — Oh monsieur ! moi je comprends tout ! » —

Traduisez poliment : « Je suis une vieille folle, et, pour offrir des pantoufles à mon amant, j'économise sur les polichinelles de mes enfants et le tabac de mon mari.

5

Il est convenu que les poètes, les romanciers, tous les hommes d'art ne travaillent que pour la femme. Ils ont grandement raison et se trouvent vite récompensés par la façon décisive et délicate à la fois et savante dont elles jugent l'œuvre écrite ou peinte.

Elles disent :

— « Il y a des choses drôles. » —

Ou bien :

— « C'est joliment troussé. » —

Ou bien encore :

— « Est-ce assez chic ! » —

Les plus sincères, les enthousiastes, celles dont l'admiration va sans détour à nos cœurs naïfs et vains, se tapent sur le genou avec force et disent :

— « C'est épatant ! » —

6

Je sais un jeune homme d'une grande prudence et d'une sévère méthode. A chaque fin d'amour, il prie sa dernière maîtresse de lui signer ce petit billet :

« Je reconnais que notre rupture s'est faite d'un consentement réciproque, conformément aux règles les plus droites de la galanterie, et avec une entière bonne foi de part et d'autre. »

C'est daté, et ensuite fermé avec cinq cachets de cire. Il se croit ainsi garanti contre le vitriol, et peut-être qu'au jour de son mariage il mettra tous les petits billets dans la corbeille.

7

On voit par les rues des choses orgueilleusement peintes. Elles se font en outre remarquer par une allure interjectionnelle, selon le mot d'Edgar Poe, c'est-à-dire, sans doute, qu'elles sautillent sur le trottoir comme des points d'interjection dans un vers de théâtre. Quand elles baissent la tête, ce qui ne leur arrive jamais, on s'aperçoit que ces choses sont des femmes. Elles ont sous le nez un trait éclatant et dur : c'est leur bouche. Mais il semble plutôt que ce soit une fente de tirelire. Il suffit d'y jeter un louis qui tombe sur leur cœur, sensible comme un pèse-lettres, pour avoir aussitôt un petit flacon d'amour bien imité et ressemblant à s'y méprendre à de l'amour de femme honnête, et, par là, elles méritent de manger leur pain quotidien et le nôtre.

8

Vous vous dites : « Enfin, voilà donc une femme sérieuse, nouvelle pour moi et que j'aimerais, réfléchie et même grave, une femme qui ne rit pas à propos de tous les riens ! »

Mais non : elle a des dents d'un bleu de Prusse

très foncé, et la préoccupation de ne pas les faire
voir.

9

« J'adore le beau ! » dites-vous, madame. Quel
beau ? le beau quoi ? le beau Léandre ! car enfin,
vous n'en doutez pas, pour la femme, l'art c'est
l'artiste ; d'où il résulte que :

10

à l'Etranger, en province et même à Paris, il y a,
dans tout ménage bourgeois, un artiste qui le ronge
au cœur.

11

Si la femme aimée, ne lisant le journal qu'en
« patrons découpés », est ignorante au point de
ne connaitre, en histoire, par exemple, que la
mélancolique aventure du beau vase brisé à Sois-
sons, c'est pour nous une grande, une ineffable
joie. Mais cela devient une jouissance spasmo-
dique quand elle le confond avec celui de Sully-
Prudhomme.

12

Ma bonne amie ne savait rien. Elle disait : *un*
atmosphère, *une* éclair. C'était une fleur sauvage.

SOURIRES PINCÉS

Elle a voulu apprendre. Elle appelle une lettre
une mi. sire, le facteur *notre courrier*, une soupe
un potage, les hommes *des mortels*, et la lune
l'astre nocturne. Elle s'est cultivée : c'est un légume sec.

13

Entre les lèvres d'une bouche, dont, par bonheur, la description n'est plus à faire, pour avoir
été faite quelquefois çà et là, entre des dents
blanches, non truffées, serrées étroitement et que
n'écartent point ces espaces noirs, ces trous d'ombre qui rappellent vaguement des ouvertures de
tunnel, la langue d'une jolie femme apparaît
lumineuse, humide, toute semblable à une tranche
d'orange et sans doute légèrement acidulée. On
en goûterait, car on ne voit d'abord en elle qu'un
instrument de précision propre aux opérations
mystérieuses et compliquées de l'amour. Soudain,
effarement, recul de buste! Voilà que d'une
manière inopportune, bruyamment, interminable-
ment, ça se met à retentir!

14

Heureux celui dont la bonne amie possède une
belle voix! Il peut la faire chanter, et, avec

d'adroits compliments, l'encourager, l'épuiser, et peu à peu lui fatiguer sa langue jusqu'à la mettre hors de service. C'est autant de gagné contre son bavardage.

15

— « O poétesse ! » —

— « Mais je ne fais pas de vers ! » —

— « En êtes-vous sûre ? » —

— « Non, là, bien sincèrement, je vous affirme que je n'en fais que de tout petits, sans préten-tion, pour les amis et quand je suis triste. C'est bien comme sentiment, voilà tout. Mais j'aime follement tous les vers, et quand j'en entends dire, je pousse, en signe d'émotion, un petit sifle-ment prolongé, comme un serpent à sonnettes auquel on donnerait des coups de cravache ; et je sens alors, oh ! je sens très bien que si j'avais tra-vaillé, j'aurais pu faire une bonne actrice, une grande actrice pour la tragédie sérieuse, avec des strophes dedans. » —

16

Aujourd'hui si démodées, les banales plaisan-teries contre la femme de lettres furent toujours d'imprudentes fautes de tactique. Bien au contraire, croissez et multipliez, chères sœurs : vous m'enlevez, à moi qui suis homme, la possibilité d'être le dernier en talent.

17

On appelle femme supérieure une femme qui est toute surprise, quand elle se regarde dans une glace, de ne pas se voir au front une étoile en papier doré.

18

— « Moi, donc, Monsieur, je suis la femme de votre rêve, car je n'ai pas d'esprit, et je nourris mon enfant toute seule. » —

Oui, sans doute, mais encore faut-il reconnaître, qu'au point de vue humain, vous êtes vous-même au-dessous de mainte femelle : car, si l'on a vu des chèvres allaiter maternellement des bébés, on n'a jamais vu une femme donner le sein à un petit bouc.

II

GENS DU MÉTIER

1

Quand un confrère veut « se mettre en quatre »
pour un confrère, il est à craindre qu'il ne le
mette en pièces.

2

Un homme de lettres est capable d'avouer ses
ridicules pour donner sur sa propre joue un souf-
flet aux autres.

3

Un ami sincère est un confrère qui croque vivement et nous répète « sous le sceau du secret »
tous les petits propos doux, mais aigres, qu'on
tient sur notre compte.

4

Un homme de lettres méprise tellement le pu-

6

blic qu'il écrit pour le public des choses qu'il méprise lui-même.

5

Afin de juger sainement d'un livre, essayez de
vous faire les ongles en le lisant. Si vous n'y par-
venez pas, le livre est bon, et si vous vous êtes
un peu coupé, il est excellent.

6

Il est des hommes de lettres qui sont les cholé-
riques des lettres et dont le cerveau est un bas-
ventre dérangé. Ils écrivent comme on a la diar-
rhée.

7

— « Platon rapporte quelque part » — me dit
mon grand confrère.

Je le regarde, épouvanté. — Mais mon grand
confrère ajoute :

— « Soyez tranquille, je ne lis pas Platon. J'ai pris
cette phrase dans Caro, qui l'a prise dans Cousin,
qui l'a prise dans Voltaire, qui l'a inventée de tous
mots. C'est comme les proverbes, quand je ne

sais pas d'où ils viennent, je dis qu'ils sont arabes ! » —

8

Si l'on voulait assembler une riche collection de sourires, cueillerait-on le plus jaune sur les lèvres du confrère qui fait un compliment ou sur celles du confrère qui le reçoit ?

9

— « Ton livre est très bien. » —

— « Là, franchement, qu'en penses-tu ? » —

— « Eh bien, mon cher, entre nous, je trouve que l'observation y est, comment dirais-je ? nulle. » —

— « Voyons, tu me dis cela à moi, qui ai fait une noce de tous les dieux. Quand on a vécu comme moi, mon petit, on a retenu quelque chose, diable ! Laisse-moi au moins le mérite de ma triste expérience. » —

— « Alors, c'est sans doute le style qui m'aura paru lâché, et tes phrases sonnent parfois comme des portions de chaudrons qui s'entrechoquent ! » —

— « Ah ! non, par exemple ! il n'y a peut-être

que cela dans mon livre, mais il y a le style, j'en
suis sûr ! » —

— « Soit, mais avoue ton entente à démarquer
les gens, et que les choses que tu dis dégoûtent
comme les choses dont on a trop mangé ! » —

— « Es-tu fou ? écoute, je te passe le reste, mon
bouquin ne vaut pas deux sous, c'est peut-être
fait sans talent, mais accorde-moi que ça n'avait
encore jamais été fait ? » —

— « Oui, mon gros, ton livre est très bien. »
— (voir plus haut).

10

Ah ! qu'il nous serait doux de mourir, et comme
auparavant nous nous engraisserions avec soin, si
nous pouvions forcer nos quatre meilleurs con-
frères à porter, selon la coutume des villages,
notre cercueil de la maison au cimetière, à suer,
durant quelques bonnes heures, sous le poids ven-
geur de notre corps défunt !

III

GENS DU MONDE

1

Un jour, on m'a dit : « Si tu veux faire ton che-min, il faut aller dans le monde ! » Le soir même, en carcan, je suis parti de bonne heure, sur la pointe (il pleuvait) de mes bottines vernies. Le premier arrivé, j'ai découvert tout de suite le maî-tre de la maison. L'Etat l'emploie quelque part. Je me suis mis bien avec lui, et nous avons allumé les bougies ensemble, celles du devant seulement, à cause de la tenture qui prend feu « pour un rien ». Je tenais la boîte où il jetait les vieux bouts. Madame s'habillait. Il commença :

2

« D'abord, pour votre peine, un conseil. Allez vite prendre dans l'antichambre votre chapeau et votre parapluie, et portez-les dans un petit coin que je vais vous « enseigner ». Ils y seront, je

6.

l'espère, plus tranquilles, et vous ne courrez pas
le risque de retrouver votre chapeau neuf avec des
poils roux, et votre parapluie de soie transformé
en jonc exotique coupé dans le bois de Vincennes.
Sachez qu'il défile, en un hiver, ici, plus de mille
personnes. C'est comme chez le commissaire de
police. Seulement, on vole « en sortant ».

3

« Prononcez, au hasard, pour voir, un nom
d'homme célèbre. « Cher monsieur, vous dirai-je
aussitôt en faisant une bouche de flûtiste, il était
encore à notre dernier jeudi. Il n'en manque pas
un, et nous l'attendons. » Mais la vérité est que
vous en serez réduit à appeler « cher maitre » le
triste maitre de maison que je suis. Heureusement,
tous les genres d'esprit se donnent rendez-vous
chez moi : le fin, le subtil, l'aigu, le profond, le
prime-sautier, le rude et le doux. D'habitude, ils
font un tintamarre ! On se croirait dans un salon...
sérieux, quand madame est bien gentille. Mais,
par exception, ce soir, comme tous les soirs d'ailleurs, ce sera « un fait exprès ». On entendra la
bêtise voler, la bêtise hannetonnante.

4

« Un homme est distingué et reçu dans le grand monde s'il ne crache pas sur le parquet, s'il ne tripote pas ses chaussettes en ca sant et s'il s'assure, de temps en temps, que son pantalon ferme bien. Une femme distinguée est une femme « qui ne se fait jamais remarquer », ou, plus simplement, une femme qu'on ne distingue pas. Ils s'asseyent, bâillent, se lèvent, marchent de long en large, sifflotent des airs. Qu'est-ce qu'ils font là ? Ceux qui ne s'ennuient pas se raccrochent. C'est dégoûtant. Je suis obligé de me placer devant eux, en Christ, les bras écartés.

5

« Ils me stupéfient, viennent chez moi, me regardent à peine, mangent tout mon sucre, et ne me parlent que pour me demander « où sont les cabinets ». Je cloue le tapis afin de les empêcher de secouer leur linge bimensuel ; mais ils danseraient sur mon ventre. Je fausse le piano à l'avance ; mais ils joueraient sur un ratelier de dents fausses. En outre, ils aiment beaucoup le jeu des « petits papiers », ainsi appelé à cause des petites ordures qu'on écarte dessus. Par exemple, qui me mettra

dans ma poche la clef des diseurs de vers ? Ho !
les sales gars !

« Toutefois, j'ai mon bénéfice, le droit de
couvrir, au vestiaire, les épaules croûteuses
des plus vieilles dames et de glisser ma main dans
leur dos, jusqu'aux reins.

6

« Nous avons un ami indispensable. Peut-être
trouverait-on, en cherchant bien, une de ses chemises de nuit sous l'édredon de madame. Quand
elle chante, il va de l'un à l'autre, en chien de
berger, ramène au centre ceux qui s'éloignent, et,
le premier, jappe avec ses mains, aux bons endroits. Il prend le chouberski par l'oreille, le passe
dans la salle à manger, et, très haut, trouve fameux un thé qui n'a encore séché que deux fois
sur la fenêtre.

« Puis, quand l'heure s'avance, il dit, inspirant,
expirant avec force et lenteur sous sa main en abat-
sons :

« Si on s'en allait ? allons donc nous-en ;
madame est lasse ».

Il empêche les gens de rester trop tard et fait

vider les lieux. Cet homme-là vaut son pesant
d'appointements fixes.

7

« Mais, je le répétais encore à madame tout à
l'heure, à notre dîner de pommes frites (il faut
bien vivre), je veux faire mon chemin ! Vous
aussi, n'est-ce pas ? Tant mieux. Permettez que
nous fassions route ensemble. On sonne. Voilà, si
je ne vous compte pas, le premier de nos imbé-
ciles. Misère de misère ! Ils ne me prêteront donc
jamais la paix ! Préparez-vous. Le moment est
venu de s'amuser ferme. Aussi, tenez, cher monsieur, si j'étais à votre place, tandis qu'il en est
temps encore, j'irais me coucher, et, rentré dans
ma chambrette (un lit, une table, une chaise : je
vois ça), las d'avoir fait mon tour du monde, je
déchirerais, et comme on effeuille un manuscrit
d'oraison funèbre sur une tombe poétique, j'émiet-
terais pour les souris mon plastron de chemise en
papier gommé. »

BEAUCIS ET PHILEMON

A Léon Riotor

I

Le vieux dit :

— « Bique, qu'est-ce que nous allons devenir, maintenant? » —

— « Mais, répondit la vieille avec une douceur pateline, n'avons-nous plus le sou? » —

— « Ne le sais-tu pas? reprit le vieux au teint de coquelicot fané. Mange-t-on de la viande sans la payer, et se larde-t-on pour rien? Non, nous n'avons plus le sou. » —

C'était vrai. Le vieux avait mal fait ses calculs.
Il s'était dit :

« Les cinq mille francs que j'ai économisés
comme tâcheron, au lieu de les placer, ce qui
serait bête, puisque je n'ai pas d'enfants, je veux
les partager en dix parts. Mettons que j'aie
encore dix ans à vivre ; c'est tout le bout du
monde. Avec cinq cents francs par an nous serons
princes. Et puis ma vieille bique mourra avant
moi, pour sûr, et si elle meurt après, tant pis
pour elle ! »

Il fut bien surpris, quand il tira du fond d'une
vieille feuillette où il cachait son argent sa dernière pièce. Et ni l'un ni l'autre n'était mort, pas
même la vieille. Mais c'est à elle qu'il s'en prenait,
honteux de son imprévoyance.

— « Oh ! tu n'en a plus peur longtemps, dit-il.
Ça serait trop drôle si tu ne crevais pas la première. Seulement il faut tout de même nous arranger jusqu'à la fin. » —

— « Faisons comme tu voudras, mon vieux » —
dit la vieille humble et sournoise.

— « Naturellement qu'on fera ce q e je vou-
drai, chamelle, reprit le vieux. Voilà : avec de quoi
acheter le pain de la soupe à l'eau, il nous reste
encore la vigne et le petit champ de pommes de
terre. Je ne veux pas les vendre ; ça vient du père,

et c'est sacré comme la maison. Moi, je ne suis pas difficile à nourrir. Je prends la moitié de la soupe et le vin. Et toi, qu'est-ce que tu prends ? » —

— « Alors, moi, je prends l'autre moitié de la soupe et les pommes de terre » — dit la vieille.

— « Mâtin ! tu gardes la belle part. Heureusement que j'ai perdu l'appétit. Vas-tu t'empiffrer, bougresse ! » —

— « C'est le cochon le plus gras qu'on tue d'abord, remarqua la vieille, le bon Dieu va bientôt me rappeler. » —

— « Le diable t'entende, jument ! » —

II

D'humeur chagrine, il la bourrait tout le jour, sans cesse étonné de la trouver là, sous son nez, dans ses jambes et dans son lit, inutile. Après quarante années de ménage, il ne pouvait encore se croire marié à une telle femme. Fréquemment il disait d'elle, comme parlant d'une étrangère : « Non, jamais je n'en ai vu une pareille ! »

Il lui découvrait aujourd'hui un défaut, observé hier, que sincèrement il croyait neuf. Il ne se lassait pas de la gourmander, de la tarabuster avec l'entrain d'un homme virulent et jeune. Il causait bien, ayant fréquenté des ouvriers de

7

ville ; mais quand il s'adressait à sa femme, ses
phrases, correctes au début, se terminaient
toujours grossièrement, en dépit de son usage
du grand monde, pareilles à ces masses dont
le manche léger s'est poli au frottement des mains,
qui peuvent d'un seul coup de leur lingot de fer
assommer un homme.

Tous les deux, en effet, étaient si différents
l'un de l'autre. Le vieux, maigre, la peau
jaune et dure au toucher comme une cosse
de légume sec, portait avec noblesse sa barbe
blanche et ses cheveux bouclés, qu'il se
taillait avec son sécateur de vigne dès qu'ils lui
tombaient dans l'œil. La vieille, au contraire, se
perdait au milieu d'une chair croulante, et, comme
si un filet l'eût enveloppée, eût pesé sur elle du
poids de tous ses plombs, elle marchait les yeux
baissés vers la terre.

— « Je ne la bats pas, disait le vieux, de peur
d'enfoncer et d'y rester ! » —

Elle avait beau se laver, elle suait trop vite, et
la saleté se reformait rapidement, la démangeait,
et, plus d'une fois, il lui arriva de se tromper, de
croire à l'acharnement d'une mouche :

— « Voyez donc si je n'ai pas une bête » —
demandait-elle en montrant son cou rougi par le
grattage des ongles.

— « Mais, c'est de la crasse, ma bonne vieille, c'est de la crasse que vous avez là ! » —

Jamais elle ne répondait aux injures du vieux par une injure. D'ailleurs, toujours en train de digérer, elle parlait avec une certaine difficulté, et souvent, malgré elle, le mot qu'elle commençait s'achevait en un renvoi discret. Bien qu'elle détestât son homme de presque toutes les parties de son cœur, elle n'hésitait pas, bravant l'inévitable rebuffade, à s'approcher parfois de lui, un peigne à la main.

— « Qu'est-ce que tu veux, disait le vieux, tout de suite tremblant de colère. Qu'est-ce que tu viens faire ici ? » —

— « Laisse-moi démêler ta barbe qui s'en va bout-ci, bout-là. » —

— « Si tu approches, criait le vieux vermillonné, si tu me touches, tu m'entends, garce, c'est à moi que tu auras affaire! » —

Mais elle avançait quand même, et bientôt la longue barbe coulait entre ses doigts, blanche comme un jet de fleur de farine.

— « Veux-tu me laisser tranquille, charogne!»— disait le vieux, mais sans la repousser, les yeux au plafond pour ne pas la voir.

Cela ne se passait pas toujours ainsi. Quand, somnolente, la vieille oubliait de lui ratisser le

menton, le vieux la réveillait avec un cri de rage,
et se tirant la barbe jusqu'à la faire vibrer :

— « Ecoute-moi bien, ânesse, si dans une mi-
nute !..... » —

Elle avait juste le temps de sauter sur son peigne. La toilette terminée, elle se retirait au coin
de la cheminée, qu'elle habitait principalement, et
faisait un violent bruit de mâchoires. Mais on ne
pouvait savoir si elle maugréait à la sourdine, ou
si elle mangeait simplement ses pommes de terre
trop chaudes.

III

Ils vécurent comme le vieux l'avait ordonné. Ils
se partageaient la soupe également, de bonne foi,
sans chicane. Les cuillers allaient, lentes, du bord
au milieu de l'écuelle, et là s'arrêtaient, sans se
toucher, de sorte qu'il restait toujours entre elles
un petit mur de pain trempé pour le chat. Puis,
l'homme buvait son vin et sa face s'empourprait
sous ses poils blancs, semblable à un soleil rayon-
nant sous un horizon de neige. La femme éplu-
chait ses pommes de terre, accroupie dans la cheminée, près de la marmite fumante. Volontiers
elle eut pris un bol de vin. Elle se risquait :

— « Ne veux-tu point m'en donner une goûtte,
mon vieux ? » —

— « Est ce que je te demande des pommes de terre, bourrique, répondait le vieux cramoisi comme l'envers d'une douve ancienne. Chacun son lot ; garde le tien, je garde le mien. » —

Cependant, il restait souvent sur sa faim, opiniatré même contre son ventre. Dépitée, la vieille, par vengeance, mangeait au delà de sa capacité. Elle faisait sauter la pomme de terre d'une main dans l'autre, en soufflant dessus, pour qu'elle se refroîdit, y donnait un coup de dent avec trop de hâte, et le morceau roulait encore dans sa bouche, lui brûlait la langue et la gorge. Elle croyait manger de la flamme. Soudain, ses bras tombaient. Elle fermait les yeux, et, affaissée, entrouvrait les lèvres. Des choses blanches, des mixtures de salive et de pommes de terre pendaient aux coins. La respiration gênée par le trop plein de l'estomac, elle étouffait.

— « Elle va pourtant se faire péter » — disait le vieux qui ne se dérangeait pas.

— « Ça ne peut point tarder, disait la vieille comme en sortant d'un rêve, mais, mon pauvre vieux, ce n'est pas encore pour cette fois. » —

Et, soulagée de son oppression, elle buvait un grand coup d'air et replongeait sa main dans la marmite.

« Je me suis peut-être volé », pensait le vieux.

Tandis que sa femme n'avait guère qu'à regarder pousser ses pommes de terre, les mains jointes sur sa graisse, il devait peiner dans sa vigne, la piocher en forçat, craindre pour elle les gelées et les grêles, être agité d'angoisses quand le soleil se couchait « avec son chapeau », ce qui est un signe de mauvaise récolte. Dès le matin, et jusqu'à la nuit, il se traînait entre les ceps, le dos voûté sous sa peau de chèvre rousse, épouvantement des merles.

Il vendangeait seul et bousculait la vieille, en trépignant de fureur si, dans l'espoir de goûter au vin doux, elle lui faisait hypocritement ses offres de service. Il foulait son vin lui-même, avec ses pieds, ses pieds à lui, poudreux, crottés même si c'était son idée, et, les poings fermes au bord du tonneau, il faisait travailler activement ses vieilles jambes ligneuses, passionné, ardent comme à une tuerie, éclaboussé de taches sanglantes. La vieille rôdait autour de lui, essayait ses flatteries.

— « Je crois qu'il va être bon, cette année ! » —

— « Oui-da ! tu le crois, carne ! » — disait le vieux, redressé, et se croisant les bras dans la vapeur d'or de la cuve, comme un lutteur en pleine victoire.

— « C'est mon avis » — ajoutait la vieille, encouragée, artificieuse.

— « Elle dit que c'est son avis! » — criait le
vieux, les mains levées vers les nues, près de fondre
à pieds joints sur la vieille et de s'abattre sur elle,
toutes griffes dehors.

Mais, apparemment, la peur qu'un moment
d'arrêt ne fît tourner son vin le calmait, et il se
remettait à piétiner, à broyer le raisin comme un
ennemi personnel, les talons en feu, usant sa dernière vigueur, farouche et, par l'odorat, déjà ivre.

IV

Aux soirs tièdes de l'automne, le vieux, sa soupe
vite avalée, s'asseyait près de la fenêtre ouverte,
et, recueilli, méthodique dans sa jouissance, éle-
vait son verre comme un ciboire, saluait la lune
montante, la lune mangeuse de brumes, et buvait
lentement, n'étant pas de ceux qui gaspillent. S'il
effrayait les oiseaux et les petits enfants, il attirait
sans effort les hommes qui passaient sur la route.

— « Cousin Raponot, n'entrez-vous point? » —

Raponot n'entrait pas, mais il prenait, joyeux
en dedans, le verre que lui tendait le vieux par la
fenêtre, et tous les deux buvottaient le vin nouveau, avec la même attention et une égale con-
naissance de ses vertus. Du côté de la cheminée,
ils entendaient le souffle flûteur de la vieille sur
ses pommes de terre.

— « La cousine mange » — disait Raponot.

— « Non, elle bâfre et ne fait que ça. A son âge, elle a encore le ventre dur comme de la tôle, comme une femme pleine qu'elle n'a jamais pu être. Elle détruit toutes les pommes de terre, et ne m'en laisserait pas une, allez, la dévorante! mais je n'y tiens pas, et je vivrais de racines. Oui, cousin Raponot, moi, tel que me voilà! je souperais avec une trempette de racines! » —

— « Et moi pareillement, disait Raponot ; mais c'est pas trop les racines qui manquent, c'est plutôt le vin. » —

Ensuite ils parlaient d'autre chose. De temps en temps, le vieux, par habitude, sans méchanceté, et comme il jurait le saint nom du bon Dieu pour renforcer son langage, donnait son opinion sur la vieille, l'appréciait froidement, la comparait à des animaux familiers :

— « C'est une truie » — disait-il.

— « Ah! ah! » — répondait Raponot.

Et ils continuaient de parler d'autre chose, ou se taisaient comme pour écouter le vin filtrer jusqu'aux couches les plus profondes de leur être.

Tout à coup, Raponot, par-dessus la tête du vieux, semblait fouiller du regard l'ombre de la cheminée.

— « Il me paraît, disait-il, qu'on ne l'entend plus! » —

— « C'est rien, disait le vieux, elle étouffe, mais c'est pour rire, la goulue! » —

— « Ah! c'est pour rire? » —

— « Non, il faut attendre que ça revienne! » —
Mais Raponot s'inquiétait :

— « Je trouve qu'elle étouffe un peu longtemps! » —

— « Ah ouath! disait le vieux. Des fois, elle reste une heure sans mouver, en pleine suie, pour m'attraper! » —

— « Tout de même, je vas voir » — disait Raponot.

Il entrait.

La vieille, calée par ses lourdes boursouflures de chair, s'était presque affalée sur le sol battu.

— « Cousine, c'est-il que tu dors? » —

— « Elle fait la sourde » — disait le vieux.

— « Ma foi, elle ne bouge plus » — affirmait Raponot.

Le vieux se levait et feignait d'être dupe.

— « Plaît-il! parles-tu vrai, au moïns, mon cousin? Alors donc j'aurai maintenant les pommes de terre pour moi, j'en mangerai mon saoûl, sans céder de vin en pour. Je me régalerai tout seul.

7.

C'est-il Dieu possible que j'aie de la chance une
fois en ma vie! » —

Il ricanait et poussait de son sabot la vieille.
Toute la masse se gonflait et se creusait comme
un matelas qu'on retourne.

— « Oh! disait le vieux imitant la déception, tu
vois bien qu'elle remue encore, bêta! » —

— « Il n'y a pas d'offense, répondait Raponot,
grave, mais ma croyance à moi serait qu'elle pour-
rait bien être morte. » —

La vieille, au coup de sabot, s'était écrasée tout
à fait, et sa tête dévastée portait maintenant à
terre sur ses mèches grises, parmi les épluchures.

Le vieux se frottait les yeux pour les dégager
de leur brouillard. Il goguenardait encore et disait :

— « Je la connais, la finaude! la matoise! » —

Mais déjà il se sentait mal à l'aise, les paroles
libertines comme glacées sur la langue, et, l'assu-
rance perdue, il regardait Raponot ; puis, les pru-
nelles roulantes, il regardait la vieille, et, n'osant
plus y toucher du pied, attendait, flattant sa barbe,
perplexe, le nez blanc.

LE COUREUR DE FILLES

A Alfred Vallette

———

I

Parce qu'il venait d'achever ses cinq ans, Pierre
Leroc se croyait homme, c'est-à-dire libre, le soir,
après le travail, de sortir seul, de jouer aux car-
tes en prenant quelque chose, en racontant des
souvenirs du régiment, et de rentrer tard, à
l'heure où les chiens, qui sont enragés, courent par
les rues désertes, cherchant des os, la queue ar-
quée entre les jambes, Doux au fond et docile, il
n'avait guère que ce défaut de vouloir faire
l'homme, non seulement avec ses deux sœurs
timides et simples, mais encore avec son père et

sa mère, parents terribles. La mère l'avait pré-
venu tout de suite :

— « Je ne veux pas que tu quittes la ferme après
la soupe. » —

— « Mais, maman, qu'est-ce que je fais ? Je ne
fais rien, moi ! » —

— « Prends bien garde, ou je te donne une calotte ! » —

Une calotte ! Pierre haussait les épaules.
La Griotte, comme on appelait sa mère, du nom
de la cerise à courte queue, n'avait pas changé
pendant son absence. Elle semblait toujours aussi
aigre, et même aussi bonne qu'auparavant. Elle
aimait ses enfants d'une manière bizarre, méchante
et dure le plus souvent, mais toute en pleurs dès
que son fils écrivait :

« J'ai couché cette nuit à la salle de police. »
et dès que l'une des deux sœurs se faisait venir
le sang au bout du doigt d'une brusque piqûre.

— « Mais, maman, je ne suis pourtant plus un
gamin ! » —

— « Tais-toi donc, nez mou. Je te défends de
courir le guilledou. M'entends-tu ? » —

A ces mots, les deux sœurs, en train de coudre
avec application près de la fenêtre, les joues ca-

ressées, au moindre coup de vent, par les langues des géraniums qui se penchaient, élastiques, baissèrent sagement les yeux. La Griotte s'en aperçut, et, comme elle avait dit une bêtise, elle s'en prit à Pierre :

— « D'abord, grand vaurien, tu ne pourrais pas mieux te tenir, quand tes sœurs sont là ? »

Sous ses sourcils rejoints, ses yeux paraissaient en combustion. Elle tremblait, les poings fermés. Ses lèvres blanches rentraient dans sa bouche, comme si les pointes de ses dents, pareilles à des aiguilles, en eussent pincé, mordu et tiré les bords de l'intérieur, pour les réunir en un surjet solide. Allait-elle prendre un manche de balai ou une casserole ?

Les deux sœurs haletaient et manquaient deux points sur trois. Pierre répondit :

— « Tu ne sais pas ce que tu dis, va, maman ! » —

Il sortit, et ce soir-là rentra plus tard encore que d'habitude.

II

Le père dut intervenir. C'était un homme d'une force extraordinaire. De ce qu'on l'avait vu abattre un bélier malade, d'un seul coup de pioche à

la nuque, on avait conclu qu'il pouvait prendre
un bœuf furieux par ses deux cornes, et le retourner sur le dos, simplement, comme une petite
tortue de restaurant. Une autre fois, n'avait-il pas,
d'une détente de jarret, cassé la jambe droite d'un
de ses meilleurs amis ? Ces histoires étonnantes,
peut-être fausses, se contaient aux veillées d'hiver, aux soirées d'été, au chant criard des rai-
nettes, et intéressaient comme des légendes.
Certes, son garçon Pierre, par sa haute taille et
ses membres souples et solides comme l'érable,
tenait visiblement de lui. Mais quelle différence !
D'abord, un fils n'est jamais aussi fort que son
père.

Leroc se montrait surtout redoutable dans
les discussions sur l'honneur, celui des filles et
celui des garçons. Il s'enflait soudain, comme si
une grande bouffée de vent eût soufflé, par ses
veines, dans tout son être. On s'attendait à voir
« gicler » des filets rouges de ses tempes battues
par les violents afflux du sang. Ainsi les vers de
terre sortent d'un sol humide, quand on frappe
rythmiquement autour d'eux. Pour les fautes de
libertinage, Leroc n'admettait qu'un seul châti-
ment : la mort.

Déjà il avait voulu tuer, à coups de revolver, une des deux sœurs injustement soupçonnée. Heureusement le revolver n'était pas chargé. Le chien de l'arme fit, jusqu'à six fois, un petit « clic » inutile et grotesque. Les deux sœurs étaient à ce point innocentes qu'elles ne surent jamais bien, se trouvant côte à côte au moment de l'attentat, laquelle des deux avait failli mourir, et si leur père avait voulu plaisanter. Car, sensible au ridicule, il n'insista pas. Seulement, il eut soin de glisser dans le revolver, séance tenante, une balle. Une seule devait suffire à l'occasion !

III

Il dit à Pierre :

— « Alors, tu suis les « fumelles ? » —

— « Comment, tu t'en mêles aussi, répondit Pierre, toi, un homme ! » —

C'était impatientant. Il reprit, têtu, le front plissé :

— « Et quand ça serait ? » —

— « Oh, moi, dit Leroc, je n'y vais pas par quatre chemins. Si tu sors encore le soir pour aller retrouver ta traînée, tu auras affaire à moi. » —

De ses doigts recourbés, il indiqua le creux de
sa poitrine, à trois reprises diverses, comme un
pécheur convaincu.

Ce défi exaspéra Pierre.

Il ne tenait pas aux filles, mais il tenait à sa
liberté. Il garderait sa liberté et les filles avec.
Les tracasseries de sa mère l'avaient rendu mau-
vais. Il comprit que toute tentative d'arrangement
serait vaine. Il chercha quelque temps une bonne
réplique, qu'il roula dans son cerveau, comme un
enfant pétrit entre ses doigts une boule de neige,
une réplique dure, serrée, lourde d'entêtement,
et la jeta en plein dans la colère de son père, avec
méchanceté et hardiesse :

— « Je suis majeur, je peux faire ce que je
veux ! » —

Les deux sœurs cessèrent de coudre et dressè-
rent leur col, l'une toute rouge, et l'autre toute
pâle. Qu'allait-il se passer ?

Pierre regardait résolument son père. Tous les
deux se soufflaient dans la figure, les épaules pen-
chées et prêtes à se heurter ; mais la Griotte,
épouvantée et subitement attendrie par le danger
que courait son fils, se jeta entre les deux hommes en criant :

— « Leroc, aussi, tu ne sais pas le prendre, ce petit ! Laisse-moi faire. » —

Il ne se passa rien. Leroc en s'arc-boutant contre un mur neuf l'aurait fait crouler, mais il obéissait volontiers à sa femme. Par peur ou par mépris, il se contint et dit à Pierre :

— « Ah ! tu fais ton majeur avec ton père, mon garçon, c'est bon ! Continue, jusqu'à ce que je t'arrête. » —

Et il détourna ses épaules menaçantes avec la lenteur d'une grue qui déplace des pierres de taille.

IV

Pierre continua de rentrer à des heures tardives, indifférent aux clabauderies. Sa mère se mit en chasse avec ardeur, pour trois motifs. D'abord, très religieuse, elle ne trouvait dans l'œuvre de chair, en dehors du mariage, que crime et perdition. Elle voulait surprendre son fils en pleine débauche, le nez sur la chose, et, après l'avoir corrigé (car elle le voyait encore tout petit, en culotte fendue, la porte grande ouverte aux fessées), lui faire honte de sa conduite, et le ramener à la ferme par l'une et l'autre oreilles, alternativement. Ensuite elle était jalouse comme mère. Enfin elle voulait regarder en face l'amoureuse, et, au moyen d'habiles coups doubles, lui distribuer, à elle aussi, sa part de gifles.

Dès que Pierre était sorti, elle prenait son parapluie, même aux plus beaux soirs, et sa lanterne grillée, sans laquelle elle n'allait jamais dehors, la nuit venue, et tâchait de le suivre. C'était impossible. En effet, grâce à ses longues jambes, Pierre la distançait sans peine, et, plein de méfiance, rusait, compliquait les détours. Elle le perdait rapidement de vue, devait revenir, irritée et maligne, mais non découragée. Leroc et les deux sœurs dormaient déjà, tous les trois dans la même chambre. Pierre couchait à côté, dans l'écurie, tout près des bêtes. On pouvait l'entendre rentrer en collant son oreille au mur. Depuis quelque temps, c'était à croire qu'il ne rentrait pas du tout. Ayant enjambé son homme, coulée dans la ruelle, la Griotte, étendue sur le dos, son chapelet entre ses doigts, écoutait de ses deux oreilles. Mais rien! pas un bruit de loquet! Bientôt, sommeillante, elle aurait été incapable de faire une différence entre un claquement de porte et la chute coupée et sourde d'une grosse bouse de vache. Il lui fallait accrocher son chapelet à la croix du bénitier, et s'endormir tout à fait.

Un soir, elle eut une grande surprise. Vite déroutée par la disparition brusque de Pierre à un pan de mur, elle s'en revenait a la maison, lentement, toute triste. Elle entendit des pas qui la suivaient. On semblait avancer avec précaution. Elle se cacha derrière un arbre. Une ombre la frôla. C'était son fils. Comment, si tôt? Elle prit sa piste et prudemment l'épia. Il alla droit à l'écurie, en évitant de marcher sur les pierres craquantes. Il mit ses sabots dans ses mains, et il poussait la porte avec douceur quand sa mère lui frappa sur l'épaule.

— « Tu ne l'as donc pas trouvée, ce soir? » —
Il parut étonné.

— « Tiens, tu n'es point couchée! » —
Comme elle ne répondait pas, il reprit avec hauteur:

— « Non, je ne l'ai pas trouvée. » —

— « Tu l'avoues donc, tu cours après elle, tous les soirs! » - -
Déjà rageuse, elle lui pointait son parapluie en pleine poitrine, et lui en donnait de grands coups sur les bras, tandis qu'elle agitait sa lanterne en la

balançant comme un encensoir. Il laissa tomber ses sabots et saisit le bout du parapluie en disant d'une voix basse :

— « T'es folle, maman, t'es folle, c'est sûr. » —

Elle lui jeta des mottes de terre, des morceaux de bois, tout ce qu'elle trouvait sous sa main. Il ouvrit le parapluie, et les projectiles rebondirent sur la toile tendue et sonore. Elle l'insultait en lui donnant des noms d'animaux méprisés, sans trop crier, de peur de réveiller les deux sœurs. Enfin elle agrippa une baleine du parapluie. Pierre le lâcha et disparut dans la nuit.

V

Le lendemain soir, la Griotte repartit en chasse comme de coutume. Il lui sembla qu'elle suivrait Pierre plus aisément. Il marchait au milieu de la route sans tourner la tête de droite et de gauche, comme une personne honnête qui se promène, pour se promener, et n'a rien à craindre. Il s'enfonça tranquillement dans l'ombre des acacias. Elle crut le tenir, avec l'autre peut-être. Mais brusquement il se retourna et s'écria.

— « Si tu crois que je ne te vois pas ! mais tu perds ton temps. » —

Et il s'enfuit, sauta par-dessus un petit mur de pierres sèches. Elle avait beau crier :

— « Vas-tu m'écouter, vas-tu m'écouter! » —

Il se sauvait toujours, peu à peu rétréci et rapetissé par les ténèbres. Longtemps encore elle le vit courir dans le pré, foulant les herbes, pareil à un revenant en folie. Sur son passage, de grands bœufs blancs se dressaient pesamment, étiraient leurs membres humides de rosée et gourds, et soufflaient avec force, pris d'inquiétude, leurs cornes luisantes en avant, toutes semblables à des arc étranges où les étoiles auraient tendu leurs rayons.

— « Je fais des bêtises, se dit la Griotte. Je me montre trop tôt. » —

VI

— « Cette fois, ils ne m'échapperont pas. » —

Elle pensait cela au bord de la rivière, à une bonne distance de Pierre, qui, ce soir-là, n'avait pu la dépister. Patiente, elle marchait toujours entre deux saules. De temps en temps, elle reculait, repartait, et elle riait en elle-même, car si, de loin, un passant l'apercevait, il pouvait croire à une danse fantastique où elle faisait trois pas en avant, deux en arrière, jouant le rôle du cavalier seul.

Devant un coude bien arrondi de la rivière, Pierre s'arrêta. Un bateau de flotteur, attaché à un tronc de saule par une chaîne libre, clappait comme une langue de chien qui boit. Pierre le détacha et sauta dedans. Le bateau glissa vers l'autre bord, sur le reflet d'un ciel très pur, jonché d'astres brillants comme des yeux et que le sillage faisait légèrement clignoter. L'eau coulait, lente, sans chocs, s'illuminait entre deux projections de saules, rentrait dans l'ombre, et la perche de Pierre s'enfonçait, se retirait sans bruit. Il semblait pêcher aux feux de la lune, et, avec son bras démesurément allongé, aller chercher des poissons sous les cailloux

La Griotte ne put retenir une exclamation. La chance encore se tournait contre elle. Elle ne la verrait donc jamais, cette fille! Pierre était arrivé Les saules, au-dessus de lui, se creusaient en charmille impénétrable, et leurs branches se trainaient sur une pile de bois. Il était là, à n'en pas douter, derrière cette pile, sous un couvercle de feuilles fraîches, le nid de leur amour.

La Griotte entendait la voix de Pierre, des sons

indistincts et lointains, coupés de silences pour les réponses de l'autre voix, qu'elle n'entendait pas. Elle aurait voulu se jeter à l'eau ; elle ne put qu'agiter ses deux poings, suffoquée, en criant :

— « Libertins, libertins ! » — et en pleurant douloureusement.

VII

Dans la journée, elle faisait des recherches, et allait, effrontée, de porte en porte, par tout le village, questionner les filles.

— « C'est-il toi qui veux les bœufs ? » —

Si la fille rougissait, sans oser comprendre, la Griotte précisait :

— « Je te demande si c'est toi qui veux les bœufs avec mon Pierre ! » —

L'une lui rit au nez, l'autre la remit vertement à sa place. Une troisième la menaça même de lui faire envoyer du papier par M. le Juge de paix.

Elle ne put rien savoir, et désespéra de jamais connaître la vérité, de plus en plus haineuse contre la rouleuse inconnue qui lui volait l'amitié de son enfant. Comme Leroc n'agissait pas, ne faisait aucune observation, en apparence désintéressé, elle l'aiguillonna, vexée toutefois de n'avoir point réussi toute seule.

—« Il faudrait pourtant t'y mettre, Leroc; et que ça finisse, cette histoire! » —

—« Ah! tu te rends, dit Leroc avec dédain ¦ ce n'est pas dommage. T'a-t-il assez roulé le petit que je ne sais pas prendre. Oh! tu en es encore une drue, toi, de femme! Enfin, tu y renonces; c'est bon, à mon tour! » —

Il s'expliqua nettement avec Pierre.

— « Ou tu te coucheras ce soir tout de suite après la soupe, ou je te ferai ton affaire ce soir même. » —

Sa voix était si ferme, son attitude si énergique, que les deux sœurs s'agitèrent, effarées, et leurs quatre yeux se déplacèrent vivement, dans tous les sens, comme les billes d'ivoire d'un jongleur.

Pierre ne répondit même pas, et, sa soupe avalée avec précipitation, il s'en alla en pleine liberté, sifflotant.

Il passa dehors la moitié de la nuit.

Comme il rentrait, insoucieux, à son écurie, une détonation éclata tout près de lui. En même temps, un grand cri fut poussé. Pierre se précipita et retint son père prêt à tomber. Leroc venait en effet de se loger une balle dans le bras gauche. Il criait, comme égorgé. Pierre le traîna à la maison. Ce fut une stupéfaction! Les deux sœurs s'étaient assises sur leur lit. Elles se frottaient les yeux, ouvraient la bouche, et, pâles, collées l'une contre l'autre comme des figurines de porcelaine, elles tâchaient de comprendre. En chemise, sèche et affolée, la Griotte avait dévalé du haut de son grand lit. Une mèche de cheveux gris s'était échappée de son serre-tête et se tordait au creux de ses épaules maigres. Le bras de Leroc pendait misérablement. On le tâtait, on lui disait :

— « Fais donc voir, montre donc; mon pauvre vieux, comment diable as-tu fait ton coup? » —

Mais, à chaque attouchement, il se débattait avec des plaintes rauques.

— « Laissez-moi. Allez-vous me laisser? » —

Toute la nuit, il gémit à lui seul comme un orchestre d'instruments à vent. Un instant, il se calmait, et d'une voix enfantine expliquait l'aventure :

— « J'ai d'abord voulu tirer, et puis je n'ai plus voulu, et en même temps que j'ai tiré, je me suis retenu. Enfin je ne sais pas! » —

Honteux de sa maladresse, incapable de sup-

8

porter sa douleur avec courage, il refusait les soins,
surtout ceux de Pierre, qu'il n'était pas loin de
considérer comme son assassin. Les deux sœurs
s'étaient levées, et, blanches, grelottantes comme
si on les eût trempées dans un seau de glace, te-
naient l'une la chandelle vacillante, l'autre des bandes de toile. Le médecin arriva. Il voulu tenter
d'extraire la balle.

— « Jamais de la vie, ça me ferait trop de mal !
Plus tard, vous reviendrez ! » —

Le médecin dut laisser la balle tranquille.

— « Mais s'il revient, il nous comptera deux
visites, » — dit la Griotte quand il fut parti.

Fréquemment repoussé, Pierre demeurait dans
un coin, muet, tout à ses remords. Seule, la Griotte,
marchant en chaussons, avait le droit de s'approcher du lit. Leroc eut la fièvre, délira, et finit par
s'endormir d'un sommeil agité. Parfois, il se débattait, rejetait les draps au pied du lit et mettait
à nu ses jambes rugueuses et moussues comme de
la vieille écorce. Les deux sœurs se courbaient
alors sur leur ouvrage, de telle sorte qu'elles
étaient obligées de tirer l'aiguille horizontalement
de peur de s'éborgner. A tour de rôle, tous veil-
lèrent Leroc, silencieux, superstitieusement frap-

pés par la bizarrerie de l'accident. La Griotte ré-
fléchissait en découpant de la charpie. Elle jugeait
la conduite de Pierre avec plus d'indulgence.
Peut-être bien, tout de même, qu'ils l'avaient
traité par trop en enfant. Elle ne doutait pas que
le malheur de Leroc ne fût une punition du bon
Dieu. De son côté, Pierre, amolli, avait embrassé
sa mère en lui promettant qu'il ne le ferait
plus.

Elle hocha la tête sans rien dire. Ils guettaient
les mouvements du blessé, parlaient à voix basse,
et faisaient « chut! » aux voisins, qui entraient
prendre des nouvelles. Ils les donnaient dans l'o-
reille, les murmuraient comme des confidences.
Les curieux s'asseyaient, regardaient quelques
instants Leroc dormir, et faisaient place aux autres. L'un d'eux prétendit qu'on aurait mieux fait
d'appeler le vétérinaire, moins cher que le médecin, et, sauf le respect que je vous dois, aussi habile à soigner les gens que les bêtes. Toute la journée ce fut un va et vient.

La Griotte, bien vraiment révolutionnée, répétait :

— « Jamais on n'a vu chose pareille ; mais, je le
dis toujours, on n'a que ce qu'on mérite ! » —

Leroc continuait de dormir, de plus en plus calme.

VIII

Toute la grande chambre tombait à un silence profond. Au-dessus de l'immense cheminée, 'où tourbillonnait une fumée âcre, entre deux chandeliers de cuivre brillants comme des éclairs et quatre baguettes de bois noir, Napoléon Ier, empereur, son petit chapeau un peu de travers, l'œil sévère et la main droite glissée dans sa redingote grise, comptait, une à une, les pulsations de son grand cœur. On ne voyait pas encore le portrait du général Boulanger, car les gloires successives de la France n'entraient guère sous cet humble toit qu'une vingtaine d'années après leur disparition. Un agent, toutefois, leur avait fait l'article en disant :

— « Un malin, celui-là, tenez ! » —

Leroc avait pris le portrait :

— « Un malin, vous dites ? » —

C'est égal, il se défiait et préférait attendre ; et, après avoir tous regardé, à la ronde, longuement, l'image peinte, et bien que, selon les deux sœurs, elle eût un faux air de Pierre alors soldat, ils l'avaientrendue,en garde contre les entraînements du cœur, les coups de tête et les dépenses qui ne servent à rien.

Enfin Leroc ouvrit les yeux. Il paraissait soulagé Mais la vue de Pierre le mit de nouveau en fureur. Il lui cria :

— « Va-t'en! Sors d'ici! » —

Pierre s'en alla penaud.

— « Ne te fâche pas, dit la Griotte, tu vas te faire mal. » —

A son grand étonnement, Leroc ne sentait plus rien du tout.

En effet, comme on n'avait pas voulu la retirer, la balle s'était décidée à sortir toute seule. Leroc la trouva dans ses bandes défaites. Il la prit d'abord pour un noyau de quelque fruit : c'était bien une balle, un petit morceau de plomb informe, bosselé, enveloppé dans une couche de sang caillé. Pierre, rappelé, d'un coup de canif montra à découvert le brillant du plomb. Il voulait la remettre toute entière à neuf, mais la Griotte et les deux sœurs l'en empêchèrent, comme s'il allait accomplir un sacrilège. Il fut convenu qu'on garderait la balle sous verre, sur la commode, à côté du livre qui avait servi aux trois premières communions des enfants.

8.

En réalité, la balle, à peine entrée dans les chairs, était restée à fleur de peau, et n'avait eu qu'à se laisser tomber. Mais, de l'avis de tous, le bras était troué de part en part. Leroc geignait encore pour la forme. Cependant, joyeux de se voir hors de danger, il dit à Pierre :

— « Est-ce que ça te servira de leçon, au moins ? » —

Pierre hésita avant de répondre ; puis il dit aux deux sœurs :

—« Allez donc voir au poulailler, s'il n'y a pas des œufs ! » —

Quand elles se furent éloignées, il reprit :

— « Soyez tranquilles, papa et maman, je ne sortirai plus le soir. » —

La Griotte n'accepta pas cette exagération :

— « Oh, de temps en temps, tu pourras nous laisser ! Il faut jeter ta gourme ! » —

Emu par tant de douceur, Pierre s'enhardit :

— « D'abord, c'était une farce ! » —

—- « Comment ! » —

— « Oui, c'était pour vous faire en croire. Vrai comme je le dis, je connais point de fille. Quand j'avais dépisté maman, je rentrais tout de suite à l'écurie. Tu te rappelles, le soir du parapluie ?

Eh bien, tous les soirs c'était la même chose!
Quand tu m'as suivi le long de la rivière, jusqu'en face de la pile, je t'ai joliment mise dedans.
Tu as cru qu'elle était là, la fille ! Il n'y avait pas
plus de fille que sur ma main. Je causais tout seul.
Ça ne m'amusait point toujours. Des fois, je ge-
lais dehors. D'autres fois, je travaillais pour passer le temps. La dernière nuitée, je suis allé dans
la vigne et j'ai resserré avec une clef les fils de
fer qui s'étaient détendus, même que j'ai relevé,
au clair de lune, des supports à moitié tombés.
Dame, vous vouliez me contrarier, alors j'ai voulu
vous contrarier aussi, moi, na ! » —

Il avouait tout, la tête basse, modeste, souriant
aussi, car il se félicitait d'avoir si bien joué à ca-
che-cache. Il ne s'apercevait pas que la figure de
de son père s'empourprait graduellement. La
Griotte poussait des « oh ! » d'étonnement, et
n'en revenait pas, à la fois dépitée et orgueil-
leuse. Quand Pierre eût fini de raconter ses petites affaires, Leroc, oubliant son bras malade,
s'assit sur son lit :

— « Comment ! c'était une farce ? Tu te moques
comme ça de tes père et mère, et, par-dessus le
marché, tu manques de les tuer ! » —

Il avait saisi une chaise avec sa main libre, et la lança de toute sa force. Pierre l'attrapa au vol, et la posa tranquillement sur ses quatre pieds. Leroc voulait sauter par terre. La Griotte le prévint à temps.

— « Allons bon ! ça va recommencer ! tu fais la bête, à la fin ! » —

Pierre dut l'aider à le maintenir. Il pressa légèrement le bras blessé de son père, qui, dompté comme un taureau auquel on a mis un anneau dans le nez, se recoucha avec un grognement perçant et continu, tandis que Pierre, sans le lâcher, sanglotait et lui disait, en maîtrisant ses soubresauts, le corps tout secoué :

— « Voyons, papa, si je te dis que je cours les filles, tu te fâches, et si je te dis que je cours pas les filles, tu te fâches encore. Alors je ne sais plus quoi dire, moi ! » —

TABLE DES MATIÈRES

Achevé d'imprimer

le vingt octobre mil huit cent quatre-vingt-dix

PAR

CAMILLE DILLET

Imprimeur du « MERCVRE DE FRANCE »

A Vanves, 97, route de Clamart

POUR

ALPHONSE LEMERRE

PARIS

www.ingramcontent.com/pod-product-compliance
Lightning Source LLC
Chambersburg PA
CBHW070759280626
47162CB00016B/1559